OS DA MINHA RUA

OS DA MINHA RUA

ONDJAKI

Rio de Janeiro • 2025
2ª edição • 3ª reimpressão

Copyright © 2020
Ondjaki

Editoras
Cristina Fernandes Warth
Mariana Warth

Coordenação de produção e projeto gráfico
Daniel Viana

Capa
António Jorge Gonçalves

Revisão
BR75 | Clarisse Cintra

Esta edição mantém a grafia do texto original, adaptado ao novo Acordo Ortográfico da Língua Portuguesa, com preferência à grafia angolana nas situações em que se admite dupla grafia e preservando-se o texto original nos casos omissos.

Todos os direitos reservados à Pallas Editora e Distribuidora Ltda.
É vedada a reprodução por qualquer meio mecânico, eletrônico, xerográfico etc., sem a permissão por escrito da editora, de parte ou totalidade do material escrito.

Este livro foi impresso em abril de 2025, na Gráfica Edelbra, em Erechim.
O papel de miolo é o pólen natural 80g/m², e o de capa é o cartão 250g/m².
As fontes usadas no miolo são a Vollkorn para o texto e Neutra Text para os títulos.

CIP-BRASIL. CATALOGAÇÃO NA PUBLICAÇÃO
SINDICATO NACIONAL DOS EDITORES DE LIVROS, RJ

O66d
2. ed.

    Ondjaki, 1977-
      Os da minha rua / Ondjaki. - 2. ed. - Rio de Janeiro : Pallas, 2021.
    128 p. ; 21 cm.

      Inclui glossário
      ISBN 978-65-5602-034-1

      1. Contos. 2. Literatura infantojuvenil angolana. I. Título.

21-69592   CDD: 808.899282
                           CDU: 82-93(673)

Meri Gleice Rodrigues de Souza - Bibliotecária - CRB-7/6439

REPÚBLICA PORTUGUESA
CULTURA
DIREÇÃO-GERAL DO LIVRO, DOS ARQUIVOS E DAS BIBLIOTECAS

Edição apoiada pela Direção-Geral do Livro, dos Arquivos e das Bibliotecas / Portugal

Pallas Editora e Distribuidora Ltda.
Rua Frederico de Albuquerque, 56 – Higienópolis
cep 21050-840 – Rio de Janeiro – RJ
Tel.: 21 2270-0186
www.pallaseditora.com.br | pallas@pallaseditora.com.br

para os da minha casa.

para a tia rosa. para o tio chico.
para o avô aníbal. para a avó júlia.
para os camaradas professores ángel e maría.
para o avô mbinha. para a avó agnette.
para os da minha infância.

para a ray.

*não se esqueçam que vocês, as crianças,
são as flores da humanidade*

palavras do camarada professor ángel

SUMÁRIO

- 11   o voo do Jika
- 15   a televisão mais bonita do mundo
- 21   o Kazukuta
- 25   Jerri Quan e os beijinhos na boca
- 29   os óculos da Charlita
- 33   a professora Genoveva esteve cá
- 37   a ida ao Namibe
- 41   o homem mais magro de Luanda
- 45   o último Carnaval da Vitória
- 51   a piscina do tio Victor
- 55   os quedes vermelhos da Tchi
- 61   manga verde e o sal também
- 65   bilhete com foguetão
- 69   as primas do Bruno Viola
- 73   o portão da casa da tia Rosa
- 77   os calções verdes do Bruno
- 81   o bigode do professor de Geografia
- 85   no galinheiro, no devagar do tempo
- 93   um pingo de chuva
- 97   o Nitó que também era Sankarah
- 101   nós chorámos pelo Cão Tinhoso
- 107   palavras para o velho abacateiro
- 115   para tingir a escrita de brilhos lentos e silenciosos (troca de cartas)
- 121   glossário

O VOO DO JIKA

O Jika era o mais novo da minha rua. Assim: o Tibas era o mais velho, depois havia o Bruno Ferraz, eu e o Jika. Nós até às vezes lhe protegíamos doutros mais velhos que vinham fazer confusão na nossa rua.

O almoço na minha casa era perto do meio-dia. Às vezes quase à 1h. Ao 12h15min, o Jika tocava à campainha.

— O Ndalu tá? — perguntava à minha irmã ou ao camarada António.

— Sim, tá.

— Chama só, faz favor.

Eu interrompia o que estivesse a fazer, descia.

— Mô Jika, comé?

— Ndalu, vinha te perguntar uma coisa.

— Diz.

— Hoje num queres me convidar pra almoçar na tua casa?

— Deixinda ir perguntar à minha mãe.

Entrei. O Jika ficou ansioso na porta, aguardando a resposta. Quase sempre a minha mãe dizia sim. Só se fosse mesmo maka de pouca comida, ou muita gente que já estava combinada para o almoço. Se a avó Chica viesse, ia trazer também a Helda, e assim já não ia dar. Mas normalmente a minha mãe dizia mesmo "sim". E ficava a rir.

— A minha mãe disse que podes.
— Ah é? — ele pareceu surpreendido. — E a que horas é que vocês vão almoçar?
— Ao 12h30min, Jika.
— Então vou pedir na minha mãe.
Deixei a porta aberta. O Jika devia voltar sem demora quase nenhuma. Gritou contente, cá de baixo, na direção da janela do quarto da mãe dele:
— Maaaaãe, a tia Sita me convidou pra almoçar na casa dela. Posso?
— Podes. Mas vem mudar essa camisa suada.
O Jika deu uma esquindiva, fingiu que já tinha mudado, veio a correr numa transpiração respirada. Contente. Olhos do miúdo que ele era. Fosse o melhor programa da semana dele. E eu, mesmo miúdo candengue, fiquei a pensar nas razões do Jika não gostar nada de almoçar na própria casa dele.
O Jika estava habituado à muita gasosa. Nesse tempo, se houvesse gasosa na minha casa era para dividir. Como éramos três, eu e duas irmãs, quando o Jika vinha almoçar, até a divisão corria melhor. Ele por vezes queria fugir desse ritual:
— Tia Sita, posso beber uma gasosa sozinho?
— Sozinho, bebes na tua casa — a minha mãe respondeu. — Aqui divide-se.
Depois do almoço, o Jika disse que ia à casa dele buscar "uma coisa". Eu fiquei à espera, no portão aberto. Prometeu não demorar. Voltou com a tal coisa escondida debaixo do braço, e entrámos rapidamente na minha casa. Subimos ao primeiro andar, fomos até ao quarto da minha irmã Tchi, e saltámos da varanda para uma espécie de telhado.

Aproximámo-nos da berma. Lá em baixo estava a relva verde do jardim. O Jika abriu um muito, muito pequenino guarda-chuva azul.

— Põe a mão aqui — ensinou-me. — Agora podemos saltar.

— Tens a certeza? — olhei para baixo.

— Vamos só. Saltámos.

A infância é uma coisa assim bonita: caímos juntos na relva, magoamo-nos um bocadinho, mas sobretudo rimos. O Jika teve outra ideia.

— Calma só, mô Ndalu. Vou na minha casa buscar um maior.

— Não, Jika, desculpa lá. Vais saltar sozinho, eu já num vou saltar mais de guarda-chuva.

— Nem num bem grande que tenho, daqueles da praia, anti-sol e tudo, colorido tipo arco-íris?

— Nem esse!

O Jika ficou desanimado. Sem outras propostas para brincadeiras perigosas, decidiu ir para casa. Ao cruzar o portão, falou ainda:

— Posso te perguntar uma coisa?

— Diz, Jika.

— Amanhã num queres me convidar pra almoçar na tua casa?

A TELEVISÃO MAIS BONITA DO MUNDO

Sempre que era para ir a algum lugar de demorar, o tio Chico dizia que íamos à "casa andeia". Nunca percebi aquilo. Era uma dica dos mais-velhos. Nem mesmo a tia Rosa fazia só o favor de me explicar. Nada. Todos riam e eu apanhava do ar. Nessa noite o tio Chico falou:

— Dalinho, vamos à casa andeia.

Deviam ser umas 7h da noite e fazia frio de cacimbo fresco.

Isso da "casa andeia" muitas vezes era então ficarmos sentados num bar com os mais-velhos a beber um monte de cerveja e a comer quase nada. Se havia outras crianças eu ainda ia brincar, mas normalmente nem já isso. Os homens conversavam, a tia Rosa também bebia, ficava muito tempo calada. Eu brincava um pouco se houvesse jardim ou mesmo rua. Depois sentava-me no colo da tia Rosa e começava a "encher o saco", como dizia o tio Chico. Começava a perguntar se já íamos embora, dizia que tinha sono e fome, só me respondiam que estava quase a chegar a hora de irmos. E vinham mais cervejas. Muitas mais.

A cerveja era a bebida preferida do tio Chico. A cerveja em muita quantidade, para dizer bem as coisas. O tio Chico era uma pessoa que podia beber muita cerveja e não ficava bêbado, podia mesmo conduzir o carro dele nas calmas. Só não podia misturar. Um dia o tio Chico misturou vinho e uísque e depois mandou parar o carro que o filho dele ia a conduzir, começou a me abraçar e a falar à toa. Eu fiquei com vontade de chorar mas a tia Rosa veio me dizer que aquilo era normal. Mas se fosse só cerveja, acho que ninguém aguentava o tio Chico. Um dia, num desses lanches de fim de tarde, enquanto eu comia, ele, o amigo dele e a tia Rosa varreram assim uns 39 copos de cerveja.

Desta vez o tio Chico disse que íamos à "casa andeia" mas era só a brincar. No caminho eu ouvi ele dizer à tia Rosa que íamos à casa do Lima buscar umas cadeiras para o quintal. O Lima era um senhor muito magrinho que também bebia bem, tinha os olhos sempre a brilhar e a boca sempre a rir. Era simpático o Lima, e devia ser amigo do tio Chico porque o tio Chico gostava de lhe chamar "o sacana do Lima". Chegámos à casa do sacana do Lima numa rua bem escura que era preciso cuidado quando andávamos para não pisar nas poças de água nem na dibinga dos cães. Eu ainda avisei a tia Rosa, "cuidado com as minas", ela não sabia que "minas" era o código para o cocó quando estava assim na rua pronto a ser pisado.

O Lima veio abrir a porta, os olhos dele brilhavam muito e trazia já na mão uma Nocal bem gelada. Passou a garrafa para a mão esquerda e apertou a mão de todo o mundo, mesmo da tia Rosa, e a mão dele estava muito gelada. Isso era bom na casa do Lima, as bebidas estavam sempre a estalar, eu assim me imaginei já a saborear uma Fanta bem gelada. E me deram mesmo.

Ainda estávamos no quintal, o Lima mostrou ao tio Chico as tais cadeiras encomendadas. O Lima vendia mobílias muito feias, com um aspecto assim de cadeiras que os mais-velhos adormecem quando estão na casa de alguém com um funeral e o morto também. Eu não gostava dos móveis que o Lima vendia, mas aquelas cadeiras até que eram fixes, pintadas de uma cor clara com fitas assim de um plástico verde. Da cor da cadeira comprida, verde também, que estava sempre no quintal da minha casa. Mas o tio Chico não gostou muito, disse que estavam mal soldadas e que aquilo era perigoso. O Lima riu, mas o tio Chico não estava a brincar.

— Ó meu sacana, já viste se eu sento aí a minha sogra e ela cai no chão, como é que vais ficar quando eu te der essa notícia?

O Lima transpirava. Passou a mão na testa, olhou a cadeira.

— A malta dá um jeito nisso depois, não te preocupes. Entra, Chico.

Entrámos todos, mas até tenho que dizer aqui uma coisa. Nessa altura, em Luanda, não apareciam muitos brinquedos nem coisas assim novas. Então nós, as crianças, tínhamos sempre o radar ligado para qualquer coisa nova. Mal entrámos no quintal, vi uma caixa de papelão bem grande e restos de esferovite no chão. Isso só podia significar uma coisa: havia material novo naquela casa, podia ser fogão, geleira ou outra coisa qualquer, e mesmo acho que era essa a razão de estar toda gente com bebidas na mão. Eu tinha pensado isso tudo, mas calado e, quando entrámos, entendi: na estante, havia uma televisão nova tipo um bebé daqueles acabados de nascer. Os olhos do Lima brilharam mais ainda:

— Olha lá esta maravilha, Chico.

Foi buscar com a mão ainda fresca da cerveja um manual de instruções dentro de um plástico que cheirava a novo. Eu já nem liguei mais à gasosa, fiquei a olhar a estante com bué de fotos da família do Lima.

Mandaram-nos sentar. O Lima carregou no botão e nada. Ele transpirava. Ficou triste de repente. Mexeu na tomada, acendeu e apagou a luz da sala. O tio Chico com a cerveja dele. A tia Rosa de braços cruzados. Eu à espera da imagem a qualquer momento. Olhei o cinzento da televisão e umas três luzes apareceram de repente como se fossem um semáforo maluco e tive a certeza que aquela era mesmo a televisão mais bonita do mundo. Fez um ruído tipo um animal a respirar e acendeu devagarinho. Não consegui ficar calado e disse bem alto: "Chéeeeeee, essa televisão é bem esculú!", e todos riram do meu espanto assim sincero: era a primeira televisão a cores que eu via na minha vida.

A imagem apareceu bem nítida e cheia de cores. Era lindo e eu nunca tinha reparado que um apresentador de televisão podia vestir uma roupa com tantas cores. Lembro-me ainda hoje: estava a dar o noticiário em língua nacional *tchokwe*. Ninguém entendia nada, baixaram o som. A tia Rosa disse-me "fecha a boca, vai entrar mosca", e todos riram outra vez. Não me importei.

Falaram de novo das cadeiras. O Lima dizia tudo que sim, que podia ser resolvido. Mexeu nos botões da televisão e a cor ficou ainda mais viva. Na imagem tudo já estava misturado, parecia um quadro molhado com aguarelas bem exageradas. Pensei nos meus primos, a essa hora lá na casa da Praia do Bispo, com a televisão da avó Agnette a preto e branco, e aquele plástico azul que até hoje não sei para que servia. Quando eu contasse da televisão a cores exageradas na casa do Lima, os primos iam me acreditar, ou será que todos iam rir e me chamar de mentiroso com força?

    Fiquei com inveja dos filhos do Lima, que todos dias iam ver cores naquela televisão a cores: a telenovela *Bem-amado* com o Odorico e o Zeca Diabo, o *Verão azul* com o Tito e o Piranha, os bonecos animados do *Mitchi*, o Gustavo com três fios de cabelo e até a Pantera Cor-de-Rosa com o cigarro bem comprido. "Tudo a cores, como uma aguarela bem bonita", pensei, enquanto a tia Rosa me fazia festinhas na cabeça.

O KAZUKUTA

para o tio Joaquim

Nós estávamos sempre atentos à queda das nêsperas, das pitangas e das goiabas, e era mesmo por gritarmos ou por corrermos que o Kazukuta acordava assim no modo lento de vir nos espreitar, saía da casota dele a ver se alguma fruta ia sobrar para a fome dele.
Normalmente ele comia as nêsperas meio cansadas ou de pele já escura que ninguém apanhava. Mexia-se sempre devagarinho, bocejava, e era capaz de ir procurar um bocadinho de sol para lhe acudir as feridas, ou então mesmo buscar regresso na casota dele. Às vezes, mesmo no meio das brincadeiras, meio distraído, e antes de me gritarem com força para eu não estar assim tipo estátua, eu pensava que, se calhar, o Kazukuta naquele olhar dele de ramelas e moscas, às vezes, ele podia estar a pensar. Mesmo se a vida dele era só estar ali na casota, sair e entrar, tomar banho de mangueira com água fraca, apanhar nêsperas podres e voltar a entrar na casota dele, talvez ele estivesse a pensar nas tristezas da vida dele.
Acho que o Kazukuta era um cão triste porque é assim que me lembro dele. Nós não lhe ligávamos nenhuma. Ninguém brincava com ele, nem já os mais-velhos lhe faziam só uma festinha de vez em quando. Mesmo nós

só queríamos que ele saísse do caminho e não nos viesse lamber com a baba dele bem grossa de pingar devagarinho e as feridas quase a nunca sararem. Acho que o Kazukuta nunca apanhou nenhuma vacina, se calhar ele tinha alergia ou medo, não sei, devia perguntar ao tio Joaquim. Também o Kazukuta não passeava na rua e cada vez andava só a dormir mais.

Um dia era de tarde e vi o tio Joaquim dar banho ao Kazukuta. Um banho de demorar. Fiquei espantado: o tio Joaquim que ficava até tarde a ler na sala, o tio Joaquim que nos puxava as orelhas, o tio Joaquim silencioso, como é que ele podia ficar meia hora a dar banho ao Kazukuta? Lembro o Kazukuta a adorar aquele banho, deve ser porque era um banho sincero, deve ser porque o tio punha devagarinho frases ao Kazukuta, e ele depois ia adormecer. Kazukuta: lembro bem os teus olhos doces a brilhar tipo um mar de sonho só porque o tio Joaquim — o tio Joaquim silencioso — veio te dar banho de mangueira e te falou palavras tranquilas num kimbundu assim com cheiros da infância dele.

E demorou. Já estávamos quase a parar a nossa brincadeira. Porque afinal a água caía nos pelos do Kazukuta, e os pelos ficavam assim coladinhos ao corpo, e virados para baixo como se já fossem muito pesados, e a água acabou, não tinha mais, e mesmo sem fechar a torneira o tio Joaquim, com a mangueira ainda a pingar as últimas gotas dela, e no regresso do Kazukuta à casota, depois daquele abano tipo chuvisco de nós rirmos, o tio Joaquim deu a notícia que tinha demorado aquele tempo todo para falar:

— Meninos, a tia Maria morreu.

Até tive medo, não daquela notícia assim muito séria, mas do que alguém perguntou:

— Mas podemos continuar a brincar só mais um bocadinho?

O tio largou a mangueira, veio nos fazer festinhas.

— Sim, podem.

Vi um sorriso pequenino na boca do tio Joaquim. Às vezes ele aparecia no quintal sem fazer ruído e espreitava a nossa brincadeira sem corrigir nada. Olhava de longe como se fosse uma criança quieta com inveja de vir brincar connosco.

O tio Joaquim era muito calado e sorria devagarinho como se nunca soubesse nada das horas e das pressas dos outros adultos. O tio Joaquim gostava muito de dar banho ao Kazukuta.

JERRI QUAN E OS BEIJINHOS NA BOCA

para a Irene, Mateus e Jackie Chan

O Mateus gostava muito de vir à nossa casa — fim da tarde — porque a Irene muitas vezes estava lá à espera dele. Ouvi muitas vezes outras pessoas dizerem que a minha mãe era boa pessoa e a Irene também dizia "a tua mãe é um amor", isso porque a minha mãe deixava a Irene ficar na sala do meio com as portas fechadas a dar beijinhos na boca do Mateus.

Eu não conseguia entender aquilo muito bem mas parece que o pai da Irene não gostava que ela desse beijinhos na boca do Mateus. Ouvi dizer que o pai dela não gostava de negro, eu até via muitos negros lá na casa dele a beberem e comerem com ele e todos a rirem juntos. Não sei. Se calhar um rapaz negro a dar beijinhos na boca da Irene já era uma coisa diferente.

Quando o Mateus chegou eu já tinha vestido as bermudas azuis e uma camisa branca entalada. O cinto também. A minha mãe tinha me obrigado a tomar banho, cortar as unhas e esfregar bem os pés, ela era muito simpática, não me obrigava a pentear o cabelo e tinha-se esquecido das orelhas. O Mateus entrou, mexeu-me no cabelo como eu não gostava que fizessem e depois cumprimentou o meu pai.

— Queres ir ali pra sala do meio, Mateus? — todo mundo riu, ele ficou bem atrapalhado. A Irene demorou pra chegar mas depois apareceu. Ela estava bem bonita com um vestido branco daqueles que o vento gosta de levantar nos filmes.

Saímos os três. A pé. Ainda não estava muito escuro, subimos pela zona verde, demos encontro com a maternidade onde eu nasci, depois o hospital Militar e o largo 1º de Maio.

— Sabes que eu costumo vir aqui nos comícios, Irene? — ela disse que sim só pra me despachar, ia toda contente de mãos dadas com o Mateus, davam beijinhos na boca e riam toda hora. Eu ainda não sabia qual era a surpresa.

Atravessámos um pequeno descampado e vi uma espécie de casa bem grande toda pintada duma cor tipo Pantera Cor-de-Rosa. Na entrada havia bué de gente a imitar assim uns pontapés de karaté e na parede um póster bem grande dum chinês bem pequenino a bater em bué de muadiês. Li devagar a soletrar numa dificuldade de palavras compridas: *A grande desfora*, a Irene riu mas o Mateus não, e falou com calma:

— É "desforra", tem dois érres. Então, já sabes ler? — perguntou, enquanto comprava os bilhetes da primeira vez que eles dois, de mãos dadas, me levaram a um cinema verdadeiro.

Chamava-se Cine Atlântico e era a maior sala com a maior quantidade de cadeiras e uma tanta gente a fazer barulho que nunca mais o filme começava. Eu olhava aquele mundo todo novo: o cinema sem paredes de lado, as árvores e as andorinhas, umas poucas nuvens no céu bem escuro de quase-noite, e a tela toda branca se acendeu de luz brilhante antes mesmo de as luzes se apagarem e aquela toda gente fazer um silêncio de espera e logo depois assobiar forte para a fuga geral dos passarinhos quando todos começaram a gritar "Jerri Quan!, Jerri Quan!". Bateram palmas e eu também.

Olhei para o lado e a Irene tinha a cabeça dela no ombro do Mateus, os dois olhavam o ecrã de mil cores com as letras numa língua suspeita tipo os desenhos da minha irmã caçula, e em baixo a tradução: *A grande desforra*. O Mateus, no meio dos assobios e gritaria, olhou para mim, eu gritei também "a grande desforra", com dois érres bem carregados, "agora disse bem, né?", e ele fez que sim com a cabeça.

O filme começou e era bem bom. Afinal Jerri Quan era o nome do artista e ele batia male!, ninguém lhe aguentava, o nome do bandido careca era Kisse e quando soltaram o tio do Jerri, depois da corrida de patins, o Kisse levou só bué de pontapés na cabeça até desmaiar. Vi o filme quase todo sem olhar para os lados, nunca tinha visto um ecrã assim tão grande e o som também era bem cuiante, única coisa foi que quando deram aquelas letras no fim senti que tinha sido bem ferrado pelos mosquitos.

Voltámos para casa. Fui o caminho todo a imitar os golpes e pontapés do Jerri Quan na última luta que ele até deu beijinho na careca do Kisse antes de ele cair já tipo bêbado sem forças. O Mateus só ria.

Entrei em casa, fui contar o filme às minhas irmãs e aumentei já lá o que era meu. O Mateus foi com a Irene para a sala do meio. A minha mãe mandou-me ir lá levar dois copos de sumo Tang. Quando entrei eles tavam a dar aqueles beijinhos na boca bem demorados. O telefone tocou. Saí a correr, fui atender.

A minha mãe ralhou-me bué depois desse telefonema, mas não foi mesmo de propósito. É que nós, as crianças, gostamos de responder só assim sem pensar muito no que afinal vamos dizer. O pai da Irene perguntou onde eu tinha ido. Eu disse a verdade. Se tinha gostado. Eu disse que era muito bonito e que muitas pessoas já tinham lido sobre aquilo nalgum jornal porque falavam das cenas antes de elas acontecerem. Ele também perguntou se eu tinha ido com os meus pais. Eu disse que não. Então o pai da Irene perguntou com quem eu tinha ido ao Cine Atlântico.

E eu disse.

OS ÓCULOS DA CHARLITA

Todas as filhas do senhor Tuarles viam muito mal. Durante o dia, como havia luz do sol, não se notava tanto, mas a partir das 5h30min da tarde todas elas recusavam jogar "escondidas" porque tinham medo de não encontrar nenhum dos escondidos.

Perto das 5 era hora do lanche. A avó Agnette — ou a tia Maria — vinha até à varanda e gritava o nome de um de nós. Alguém berrava "abuçoitos" e o jogo sofria esse intervalo de irmos beber chá aguado ou comer meia banana com pão. As filhas do senhor Tuarles não lanchavam. Ficavam no muro da casa delas à espera. Se demorássemos muito já não queriam continuar nenhum jogo.

A Charlita era a única que tinha uns óculos muito grossos, muito amarelos e muito feios. Elas eram cinco — as filhas do senhor Tuarles. A Charlita além de ser a dona dos óculos era também a única que já tinha ido a Portugal com o próprio senhor Tuarles, numa deslocação que tinha dado muito que falar na Praia do Bispo.

Depois do lanche o Sol ia embora de repentemente. Os soviéticos abandonavam a obra do Mausoléu e ficávamos ali, no muro que dividia a casa da avó Agnette da casa do senhor Tuarles. Passavam também muitos trabalhadores angolanos. Depois passava o camião com uma torneira atrás a jorrar bué de água para acabar com a poeira. A Praia do Bispo era um bairro cheio de camiões: passava esse camião da água, o camião da gasolina, o camião do lixo e o camião do fumo dos mosquitos. Todos esses camiões davam alegria e tinham uma música própria que nós gritávamos enquanto corríamos atrás deles.

A noite chegava. A conversa no muro aquecia. Dois ou três ficavam a estigar, os outros riam só. O Paulinho contava filmes do Bruce Lee, do Trinitá e dos ninjas enquanto, num outro muro, atrás da trepadeira, o Gadinho espreitava a nossa infância de riso e atrevimento. O Gadinho era "testemunha", não podia brincar quase nada nem ir a festas. Nem mesmo receber prendas como um bolo de anos que lhe quisemos só oferecer.

Se entrássemos por alguma razão na sala do senhor Tuarles, encontrávamos todo o mundo com o rabo afundado nuns cadeirões muito grandes e antigos. A mulher do senhor Tuarles, os filhos rapazes do senhor Tuarles e a mãe da mulher do senhor Tuarles.

As filhas ficavam sentadas perto, muito perto da televisão. Quando digo perto, estou a falar de dois ou três palmos entre a cara delas e o ecrã. De vez em quando o senhor Tuarles gritava para se afastarem para os lados:

— Deem espaço, porra. Eu também quero ver.

A mulher do senhor Tuarles, a dona Isabel, não dizia nada. A mãe da mulher do senhor Tuarles, a avó Maria, dizia alguma coisa em kimbundu e depois ria. Nós tremíamos.

As filhas passavam os óculos entre elas. Cada uma via dois minutos e os óculos mudavam de rosto. Era bonito de ver. Quando não tinham os óculos na cara, tapavam o rosto quase todo e deixavam um buraquinho apenas, "para ver melhor", diziam. Mas se a novela aquecesse numa parte assim mais entusiasmante, o senhor Tuarles gritava "deem espaço, porra", e a Charlita, por ser a dona, voltava a pôr os óculos na cara. E ria.

Todas as filhas do senhor Tuarles viam muito mal. Mas a Charlita — que tinha os óculos grossos, amarelos e feios — ria de ser a única da casa que conseguia ver bem as telenovelas e os sorrisos nas bocas nítidas de todas as personagens.

A PROFESSORA GENOVEVA ESTEVE CÁ

Depois do almoço o pai e a mãe sempre descansavam. O meu pai, logo a seguir à refeição, gostava de comer qualquer coisa doce e depois ia dormir um bocadinho. A minha mãe, que dava aulas à tarde, também tinha esse hábito de adormecer ali no sofá, nem que fosse só por 15 minutos.

Mas era sábado, não tínhamos ido à praia. O meu pai e a minha mãe foram dormir juntos. Eu e a mana Tchi ficámos na sala, a jiboiar, à espera que acontecesse alguma coisa. E aconteceu mesmo: tocaram à campainha.

Espreitei pela cortina da sala. Era a professora Genoveva, colega da minha mãe na escola onde ela dava aulas. Fazia muito calor. A professora Genoveva transpirava muito e tinha uma cara preocupada.

— Não vou abrir — a minha irmã já tinha gritado.

— Nem eu! — eu recusei a seguir.

— Mas eu pedi primeiro.

A mana Tchi ficou deitadinha no sofá, a rir. Eu tinha que ir falar com a professora Genoveva. Abri a porta do corredor, e um bafo quente tocou-me na cara. Olhei e vi bem, era mesmo ela. Peguei na chave, aproximei-me do portão pequenino. Abri a porta.

— Boa tarde, camarada professora.

— Tás bom, filho? — ela perguntou, e passou a mão toda suada no meu queixo, como eu não gostava que ninguém fizesse.

— Sim, tudo bem.

— A mãe? — ela perguntou devagarinho.

— A mãe tá deitada.

— Ó filho, não podes chamar a mãe? Eu preciso muito de falar com ela.

Isso de "eu preciso muito de falar com ela" era uma frase que eu já conhecia de outras pessoas. Mesmo eu já tinha sido ralhado muitas vezes pelo meu pai, só por ter-lhe acordado na conta de umas pessoas chatas que tinham vindo lhe incomodar. Uma vez eu fui acordar o meu pai, "pai, tá lá em baixo o camarada João, veio pedir cigarros", e o meu pai disse assim meio a dormir "cigarros, a bardamerda!", mas não podia dizer isso ao camarada João, então menti que o meu pai estava maldisposto e eu não tinha conseguido lhe acordar. Também às vezes a minha mãe dizia para eu ir de novo até ao portão pequenino dizer que a mãe estava a lavar a cabeça e ainda ia demorar uns 45 minutos. Mas naquele sábado eu nem precisava de inventar nenhuma estória.

— Professora Genoveva, eu não posso acordar a minha mãe.

— Ó filho, mas eu preciso mesmo de falar com ela.

— Mas ela foi-se deitar porque tava muito incomodada.

— Ah sim?

— Sim, é que ela hoje acordou com a menstruação, tava cheia de dores.

A professora Genoveva fez uma cara muito estranha, parecia que tinha dores de menstruação também. Limpou o suor da testa, do queixo, mas não adiantou muito porque continuava toda molhada.

— Hoje de manhã a minha mãe acordou cheia de dores. A professora sabe como é — encostei-me no portão —, quando aparece a menstruação, depende muito das mulheres, mas algumas têm muitas dores. A minha mãe nem sempre, mas desta vez tá cheia de dores. Tomou dois comprimidos para as dores antes do almoço, mas quando acabou de almoçar ainda tinha dores e disse-me que se ia deitar a ver se lhe passava a moinha.

A professora Genoveva transpirava muito. Olhava pra mim com os olhos muito abertos, não sei o que lhe estava a acontecer. Fiquei um bocadinho preocupado.

— Quer um copo de água, camarada professora? — perguntei.

— Não, filho — ela gaguejou. — Diz só à mãe, quando ela acordar, que a professora Genoveva esteve cá.

— Tá bem, eu digo. Não leve a mal eu não ir acordar a mãe, mas sabe como é, estas dores da menstruação, é sempre assim, a minha mãe por acaso não fica muitos dias com a menstruação, é dois ou três dias, mas o primeiro dia é sempre o pior, mesmo com os comprimidos...

— Sim, filho — ela gaguejou mais. — Dá as melhoras à mãe.

— Sim, mas não se preocupe, isso depois passa, é normal nas mulheres.

A professora Genoveva parecia que se estava a sentir mal. A boca dela não fechava e desapareceu rápido como se, de repente, não quisesse mais falar comigo.

Voltei para dentro. A mana Tchi perguntou o que eu tinha estado ali a falar com ela e eu contei.

— Pois é, a mãe no primeiro dia de menstruação fica sempre cheia de dores.

— Sim, eu sei, eu disse-lhe isso mesmo, mas ela parece que não acreditou.

Ficámos um bocadinho ali a ver mais televisão. Estava a dar aquelas cenas do circo chinês que já tínhamos visto umas quinhentas vezes. Acabámos por adormecer.

O telefone tocou, e nós dois, bem ensonados, quase não conseguíamos atender. Quando consegui lá chegar e levantei o auscultador, a minha mãe já tinha atendido, e falava com a professora Genoveva. Então desliguei o telefone cá de baixo. Passado um bocadinho a minha mãe desceu. Já estava acordada mesmo. A minha mãe deu um beijinho à mana Tchi, depois veio me fazer festinhas.

— A Genoveva ligou-me assustada, diz que tu lhe deste uma lição sobre a menstruação — a minha mãe ria.

— Ela esteve aqui e queria que eu te acordasse. Eu expliquei que tavas incomodada.

— Eu sei, filho, eu percebi.

— Mas também, ela escusava de te ligar pra te contar isso tudo. Assim acordou-te à mesma!

— Não faz mal.

Ficámos a ver televisão. O ar-condicionado funcionava mal. Fazia muito calor. O meu pai desceu depois. Antes de se aproximar abriu o armário e comeu um chocolate pequenino. A minha mãe passou a mão na barriga, coitada, devia estar com cólicas. Dei-lhe um beijinho e fiquei ali, quieto, perto dela, a fazer-lhe festinhas também.

Ficámos o resto da tarde na sala, a jiboiar. Era sábado e não tínhamos ido à praia.

A IDA AO NAMIBE

Fomos num avião bem pequenino. Íamos passar 15 dias noutra província. Era o sítio onde tinha nascido o meu pai: chama-se Namibe. O meu avô disse-me que se chamava Moçâmedes.
Para mim os nomes não interessavam muito. O que me deixava mais curioso é que me disseram que lá havia um deserto, e eu já tinha aprendido na escola que era a província de Angola que tinha avestruzes que corriam bué rápido, tinha gazelas e a famosa *Welwitchia mirabilis*, a planta mais bonita de todos os desertos do mundo.
Quando saímos do avião já fazia bué de frio. Estávamos no mês de agosto, mês do cacimbo para todas as crianças que gostam de sentir aquela geada das 5h da tarde, e mês das piores crises de asma para mim. Mas aquela província era tão bonita e gostei tanto de ter passado aquelas duas semanas na casa do primo Beto que nem tive nenhuma crise. Foi muito bom conhecer a província do Namibe.
Os dois primeiros dias ficámos na cidade, na casa desse primo do meu pai chamado Beto. Como toda a gente lhe chamava "primo Beto", eu também cheguei na sala e chamei-lhe de primo Beto. Todos os mais-velhos riram, só a minha mãe não riu. Mas depois passou-me logo essa

atrapalhação porque vi, pela primeira vez na minha vida, esses caroços que eles chamavam de "tremoços". Por alguma razão o meu pai ainda não tinha me chamado para eu vir provar. É que eu era assim um pouco estraga-tudo nessa altura, e o meu pai já devia desconfiar mais ou menos o que eu ia fazer com os tais tremoços.

Disseram para eu provar, não gostei do sabor. Mas pelo formato, e também por causa da experiência que eu já tinha com as fisgas lá na minha rua de Luanda, vi que aquele tremoço dava masé para ser disparado só assim apertando com os dedos. Fui lá fora treinar na árvore e quando voltei à sala já tinha a pontaria bem afinada. A primeira vítima foi a minha irmã, a segunda foi uma velha que estava lá sentada e que era muda. Fiquei todo satisfeito porque pensei que ela não fosse me queixar. Mas era uma velha queixinhas e o meu pai pôs-me de castigo.

O resto dos dias passámos na quinta do primo Beto. Aí gostei muito de ter conhecido uma horta com um pequeno lago, onde arrancávamos o tomate do chão, lavávamos e comíamos logo ali. Também uma menina muito bonita chamada Micaela ensinou a mim e à mana Tchi a comer batata-doce crua, que era uma maravilha. Comíamos a batata-doce e, se tínhamos sede, atacávamos o tomate. Voltávamos os três para a quinta, ao fim do dia, e eu dava corrida aos perus. Também nunca tinha conhecido um peru assim de perto com os gritos dele tão engraçados de glu-glu.

O pai da Micaela, o primo Zequinha, foi muito simpático e ensinou-me duas técnicas de caçar rolas, uma era pôr visgo nas árvores e esperar os pássaros pousarem, e a outra, que eu gostei mais, era usar a arma de chumbo para tentar caçar alguma coisa. Digo "tentar" porque a minha pontaria não era lá muito boa, então dediquei-me mais à técnica da cola branca na árvore.

De manhã acordávamos cedinho e era tudo muito frio e muito bonito. Eu usava aquele casaco azul bem antigo que a minha mãe me deu, e que tinha um tecido bem macio tipo veludo que eu adorava tanto. Matabichávamos devagar. Os mais-velhos falavam devagar. Combinaram ir à caça. A minha irmã riu, baixinho, e não disse a ninguém, mas eu sei que ela viu a maneira como eu olhava para a Micaela. É que a Micaela era muito bonita.

Podíamos brincar de manhã e até perto da hora do almoço. Ajudávamos a pôr a mesa, e depois do almoço eu e a mana Tchi tínhamos que estudar um bocado. Havia também um livro, sobre o comportamento do corpo humano, que a minha mãe dividiu em dez partes para eu e ela lermos um bocadinho todos os dias. Quando chegou o capítulo das relações sexuais eu gostei muito daquelas fotografias do homem deitado todo nu com a mulher, e da parte que dizia que, para fazer um filho, "o homem introduzia suavemente o pénis na vagina da mulher". Eu nunca queria avançar esse capítulo. A minha mãe é muito querida porque ela sabia que já tínhamos passado aquele capítulo mas deixou-me repetir a lição.

Um dia, ao fim da tarde, o Sol estava muito bonito assim todo amarelo quase bem torrado. O meu pai tinha ido à caça com o primo Beto e o primo Zequinha também. A mana Tchi estava a descansar e a minha mãe a ler. Eu perguntei à Micaela se ela queria dar uma volta comigo ali pela quinta. Ela disse que sim. Mas a volta foi muito rápida, e eu perguntei se ela queria dar outra volta. Ela riu e disse que sim. Como não queríamos dar outra volta, sentámonos numas pedras mais distantes da casa e eu tinha muita vergonha mas também muita vontade de lhe perguntar se ela queria namorar comigo. E ela disse que sim. Então, talvez para comemorar, demos mais duas voltas à casa, mas já de mãos dadas.

Na província do Namíbe eu conheci a avestruz, as gazelas, um montão de pássaros, o deserto, e nesse dia à noite, o meu pai e os primos dele caçaram um olongo. Aquilo é que foi ficar de boca aberta: eu nunca tinha visto um animal tão grande e tão pesado, e também nunca tinha visto umas armas tão compridas. O primo Zequinha disse que até podiam matar elefantes com aquelas balas, eu pensei que não era verdade, mas o meu pai disse-me que sim.

No último dia de manhã é que o meu pai se lembrou de tirar fotografias a todos. Eu também aproveitei uns pássaros que o primo Zequinha já tinha conseguido matar, pus todos assim no chão perto dumas pedras e fui buscar a arma de chumbo. Fiz um póster de joelho no chão estilo filme de cobói e o meu pai tirou uma foto que eu tenho até hoje, também com chapéu que me ficava grande mas que tinha assim aquele estilo do Trinitá.

Gosto muito dessas fotos todas que tirámos na província do Namibe, tem uma muito bonita da minha mãe bem distraída a fumar um cigarro, tem a foto do meu pai perto do olongo que eles tinham caçado, mas, para dizer mesmo a verdade, a foto mais bonita é uma que tou eu, a Micaela e a mana Tchi. A Micaela está bonita, eu até que estou posterado, mas a mana Tchi, com o fato olímpico vermelho também desse tecido fofo tipo veludo, a mana Tchi é que está mais bonita: com o riso bem lindo e, assim quase a sair da foto, os dois puxinhos, bem grandes, a prender o cabelo todo preto dela. A mana Tchi.

O HOMEM MAIS MAGRO DE LUANDA

— Mas caíste das escadas ou foi assim acidente de carro?
— Não, pá. Foi o Chico que me deu um apertão.

palavras do Vaz, dias depois do apertão

A casa do tio Chico tinha talvez a cerveja mais deliciosa de Luanda. Os mais-velhos é que falavam isso, antes e depois de beberem umas quantas. Eu e a tia Rosa tínhamos mais a ocupação de abrir a porta e ir buscar essa tal deliciosa cerveja.

Não me lembro bem se os toques eram diferentes ou não, mas o tio Chico sabia quem estava no portão pelo modo como a campainha tocava. As pessoas iam chegando.

— Ó Rosa, traz aí uns torresmos e o jindungo malandro.

Dois toques rápidos "é o Osório, vai abrir, Dalinho", um toque suave tipo tímido "é o Mogofores, e vem com sede", toque longo e palmas "é o Lima, ó Rosa dá aí um jeito", a mesa enchia-se de copos de cerveja, aperitivos e sobras, quitetas, kitaba, camarões, chouriço, a televisão sempre ligada e pessoas de todas as cores que vinham beber dos barris de cerveja do tio Chico.

O tio Chico gostava de fazer obras no quintal, acho eu. Ao lado da enorme gaiola de rolas ele construiu dois quartos. Pensei que era quarto de gente, afinal era para guardar carne, peixe e o barril de cerveja que ficava lá dentro. Um quarto era tipo geleira, o outro era arca de congelar tudo.

Naquele tempo o tio Chico tinha um contacto para ir buscar barris de cerveja e podia haver maka se não houvesse aquela botija fininha de dar pressão aos finos. Ficava tudo dentro do quartinho-geleira. Cá fora havia a torneira da cerveja e um banquinho para eu chegar lá e poder encher os copos. Eu então gostava bué dessa minha missão de finos.

No quintal do tio Chico eu já não contava os finos, era perda de tempo. Depois do fino 77 as pessoas riam muito e já não havia quase torresmos no pires. Os olhos brilhavam mais e eu até já podia contar anedotas sem graça nenhuma que todos riam mesmo só à toa.

A campainha tocou. Só que o tio Chico não disse quem era. Olhei logo na direção do portão, para saber se ia já a correr abrir. O Lima pousou o copo. O Mogofores parou de rir, ainda por cima arrotou sem pedir desculpa. O Osório puxou as calças para cima como sempre gostava de fazer mesmo que o cinto já estivesse perto do sovaco. A tia Rosa também esperou. A campainha tocou mais. Eu já só mexia os olhos.

— Vai lá ver — o tio Chico falou.

— O miúdo não vai sozinho — a tia Rosa agarrou-me no braço.

Os outros ficaram com cara de não-sei-quê. Era sempre assim, se houvesse uma pequena maka entre a tia Rosa e o tio Chico, todos paravam de beber. A tia Rosa levantou-se, fomos juntos. Era o Vaz.

O Vaz era um senhor muito alto, também camba do tio Chico, talvez o homem mais magro de Luanda.

— Boa noite, dona Rosa, o senhor Chico tá? — A tia abriu o portão para ele entrar.

No quintal já havia barulho de novo. Todos riram quando o Vaz entrou nessa maneira desajeitada de cumprimentar as pessoas.

— Ó meu sacana, então tu não sabes tocar a campainha como deve ser?

O Vaz não disse nada, cumprimentou todos e no fim aproximou-se com receio do tio Chico.

— Não me digas que tás outra vez com medo de me apertar a mão?

Não sei, eu era só uma criança dessas a olhar os mais-velhos, mas muita gente não gostava assim muito de cumprimentar o tio Chico.

— Anda cá, meu sacana, andas a tocar a minha campainha com toques secretos, tu quase que entras pela racha do muro.

O Vaz, com medo, chegou perto do tio Chico. Quando foi abraçado, o tio Chico fez questão de lhe dar um apertozito. As costas do Vaz fizeram um ruído tipo estalido de porta enferrujada.

— Ó Dalinho, traz aí um fino bem tirado pra este sacana do Vaz.

Atravessei o quintal com o copo de vidro na mão, na direção da torneira da cerveja pendurada na parede. Na cozinha aberta, cá fora, a tia Rosa, com o avental dela azul e bonito, com chinelas abertas e antigas, fritava mais torresmos e controlava o peixe grosso no forno. Durante muitos anos, para mim o mundo teve o cheiro daquele quintal maluco: as cervejas, as comidas e as mãos da tia Rosa a emprestarem cheiros de cozinha aos meus cabelos despenteados. De longe olhei o Vaz fazer caretas de dor. Tentava disfarçar, mas desconseguia. Trouxe-lhe o fino bem gelado e ele bebeu tudo assim num gesto de matar a dor.

— Tavas cheio de sede, meu sacana.

Depois do jantar, as filhas do tio Chico já tinham ido dormir e a telenovela estava quase a acabar. Acordei com a voz do Sinhôzinho Malta a dizer "tou certo ou tou errado...?", e o telefone tocou. O tio Chico atendeu. Primeiro ficou preocupado, depois riu devagarinho.

— Tá bem, tá bem, espero que corra tudo bem com esse sacana.

Eu e a tia Rosa também queríamos saber do caso. O tio andou devagar, de propósito. Sentou-se.

— Ó Rosa, vai-me lá buscar um fino, filha — o tio Chico fechou as janelas da sala, recebeu o copo e bebeu de penalty.

— À saúde do Vaz — ainda disse, enquanto ia para o quarto.

A tia Rosa apagou a luz da sala e fomos juntos para o quarto.

— O sacana do Vaz tá no hospital, tem duas costelas partidas.

Eu ainda queria perguntar se isso de costelas era o quê, mas já era tarde.

— Amanhã vamos lá ver o gajo, e tu podes mexer na manivela da cama, Dalinho.

O tio apagou o candeeiro, enquanto a tia Rosa fezme uma festinha na bochecha e endireitou o lençol, como fazia sempre há tantos anos, para os mosquitos não me ferrarem nos braços e não me atrapalharem nos meus sonhos de falar durante a noite.

O ÚLTIMO CARNAVAL DA VITÓRIA

A vida às vezes é como um jogo brincado na rua: estamos no último minuto de uma brincadeira bem quente e não sabemos que a qualquer momento pode chegar um mais-velho a avisar que a brincadeira já acabou e está na hora de jantar. A vida afinal acontece muito de repente — nunca ninguém nos avisou que aquele era mesmo o último Carnaval da Vitória.

O carnaval também chegava sempre de repente. Nós, as crianças, vivíamos num tempo fora do tempo, sem nunca sabermos dos calendários de verdade. Para nós segunda-feira era um dia de começar a semana de aulas e sexta-feira significava que íamos ter dois dias sem aulas. Depois as datas eram assim isoladas: Carnaval da Vitória, dia do trabalhador, dia um das crianças, férias grandes, feriado da Independência e o Natal com o fim de ano também já a chegar. O carnaval tinha que ser anunciado pelos mais-velhos, como se nós, as crianças, vivêssemos numa vida distraída ao sabor da escola e da casa da avó Agnette.

O "dia da véspera do carnaval", como dizia a avó Nhé, era dia de confusão com roupas e pinturas a serem preparadas, sonhadas e inventadas. Mas quando acontecia era um dia rápido, porque os dias mágicos passam depressa deixando marcas fundas na nossa memória, que alguns chamam também de coração. Na televisão passava o grande desfile do Carnaval da Vitória e, na Praia do Bispo — o bairro poeirento da avó Nhé —, formávamos um grupo pequenino que, com um apito gritante, fazia uma passeata de quase 45 minutos.

Havia que ir até à bomba de gasolina, atravessar a rua com cuidado, passar perto da casa do Xana, esse Xana que todo mundo dizia que tinha um jacaré no quintal dele, ir pelo passeio da Andreia, a amiga bonita da minha prima, cumprimentar a tia Adelaide no portão, esperar que o Paulinho também viesse, e entrar no bairro da Kinanga, passando pelo cine, apitando sempre forte, dando a volta na igreja e voltando pela rua principal outra vez, a olhar as ruas com cuidado por causa dos carros que vinham com velocidade conduzidos pelos bêbados do Carnaval da Vitória.

Ao chegar a casa se calhar a tia Maria e a avó Nhé tinham preparado um lanche magrinho, com banana, pão, umas fatias bem fininhas de bolo feito com metade da receita normal, ngonguenha para quem quisesse, quatro rebuçados duros e antigos que ninguém atacava, um pires pequeno de arroz-doce só com cheiro de canela, alguma paracuca e a gasosa "batizada", que era uma gasosa misturada com água, de modo que uma garrafa de Fanta ou Coca-Cola, depois de batizada, desse para três ou quatro copos. A tia Maria vinha da cozinha com o prato de arroz-doce ainda a polvilhar o restinho de canela que saía do frasco, a rir e a fazer estranhos movimentos na boca com a placa de dentes toda velha que ela usava. Não podíamos rir: a avó Nhé tinha proibido todos os netos de estigarem a tia Maria nesse gesto dela da placa, e tinha dito que a tia Maria era "boazinha". Nós ríamos às escondidas, porque a tia Maria era muito gorda e tinha o hábito de pôr os dedos também gordos para provar todas as comidas quando a avó Nhé não estava a olhar.

As nossas mães faziam de propósito para nos deixar lá na casa da avó Nhé no dia do Carnaval da Vitória. Às vezes até fico a pensar que no dia do carnaval era a data em que eu via os primos todos, mais até que no Natal.

Quando entrávamos para vir lanchar, as roupas e as pinturas eram já só um resto de coisas penduradas, azuis suados e vermelhos tristes nas bochechas da prima Naima e da mana Tchi. As "Arletes", como a avó chamava o grupo das filhas do senhor Tuarles, às vezes vinham também lanchar connosco, mas a tia Maria dava-lhes cada olhada que elas quase nem tinham coragem de tirar comida nenhuma. Acho que a tia Maria só gostava das crianças que eram de casa e principalmente não queria que outras crianças comessem as coisas que ela tinha preparado. A tia Maria era muito gorda e passava muitas horas na cozinha, de tal maneira que já ninguém gostava de lhe dar beijinho nas bochechas a cheirar a cebola e à margarina daquelas latas vermelhas.

Além da avó Nhé e da tia Maria, estava também a avó Catarina, toda vestida de preto e muito caladinha, com o lenço escuro a tapar o cabelo todo branquinho. Ela era muito calada e tinha sempre aquele hábito de passar o dia todo a abrir e fechar as janelas do quarto dela, mas, na altura do Carnaval da Vitória, ela era boa a dar ideias para inventar máscaras. "A Naima pode ser a bailarina", dizia com a voz dela muito apagada como se fosse uma pessoa que ainda não tinha percebido que afinal já tinha morrido há muitos anos, "a Tchissola pode ficar a fada", e ia para o quarto dela ver se tinha deixado as janelas abertas, trazia mais uma roupa, um lenço, uma ideia, "o Amilcar vai mascarado de polícia". O Amilcar adorava que lhe chamassem o senhor Polícia, ficou vaidoso com a camisa azul e o lenço no pescoço, tinha até uma pistola de madeira que parecia dos filmes do Trinitá.

Quando entrámos para o lanche, na televisão estava a dar, em direto, o desfile do Carnaval da Vitória. Eu não gostava de arroz-doce, a mana Tchissola atacou o meu pires. Ficámos todos a ver o desfile e era um mês de março. O locutor deu alguma informação errada sobre o carnaval, e um dos primos disse que não era assim, que aquele era o Carnaval da Vitória porque a 27 de março se comemorava o dia em que as forças armadas tinham expulsado o último sul-africano de solo angolano, e bué de gente começou a estigar porque ali não estávamos em nenhuma aula e não queriam lição de história. Mas eu pensei que o meu primo tinha razão.

Estávamos nessa distração de risos e gasosas batizadas, quando a avó Catarina veio me pedir o apito. Eu tinha esquecido de lhe entregar o apito. Naquele tempo, antes de sairmos de casa para o nosso desfile de crianças mascaradas, a disputa era quem ia levar o apito na boca. Esse que tinha o poder de apitar fazia a vez daqueles que, no desfile de verdade, vão à frente a marcar o ritmo do grupo. Nesse ano, não sei porquê, ninguém tinha mostrado vontade de apitar, e a avó Catarina tinha me dado o apito. Eu fiquei contente e nervoso, porque se eu não apitasse bem mais tarde iam me gozar durante bué de semanas. Mas correu tudo bem.

Agora, devagarinho e sempre falando baixo, a avó Catarina veio me pedir o apito.

— Dá-me o apito, filho, que eu tenho de ir lá a cima ver se deixei as janelas abertas.

Ela parecia ter pressa. Procurei nos bolsos, nada no casaco, nada na calça. Fiquei atrapalhado, pousei o copo com o restinho da gasosa aguada do batismo.

— Espera só, avó — levantei a calça, encontrei o apito escondido na meia. Tinha medo de ser roubado porque já tínhamos voltado para casa quando estava escuro.

Dei-lhe o apito e ela fez uma coisa que fazia poucas vezes: sorriu e fez-me um carinho na bochecha. Nunca disse aos meus primos porque iam me gozar, mas eu não sabia que a mão assim toda enrugadinha da avó Catarina era tão suave. Fechei os olhos. Quando os abri, ela já não estava lá: a avó Catarina era muito rápida a desaparecer.

Levantaram o som da televisão. O camarada locutor estava a conversar com alguém e ouvimos comentários de aquele ser mesmo o último Carnaval da Vitória.

Lá fora, o camião da água passou a largar água no passeio da avó Nhé que tinha sempre muita poeira por causa das obras do Mausoléu. Muitos miúdos brincavam de correr perto desse camião e um soviético dizia palavras que ninguém entendia mas acho que ele estava a dizer disparates na língua dele.

Como não podia apanhar poeira, por causa da asma, fui para o quintal. O vento voava devagar, as folhas da figueira faziam um ruído que era mais um segredo que um barulho. Lá longe, na rua principal, ouvi o barulho da Honda 1100 do João Serrador a passar. Os dois jacós na gaiola disseram bué de disparates porque estavam assustados com o barulho da mota e só havia uma coisa a fazer: fui até ao tanque da roupa onde tinham deixado uma água azulada por causa do sabão, molhei as mãos e sacudi pra dentro da gaiola. Os jacós lambiam o corpo com vontade. Mesmo vendo os olhos deles tão alegres, nunca entendi como é que o sabor do sabão azul lhes acalmava mais que um carinho.

 Isto foi em fins de março. No último Carnaval da Vitória.

A PISCINA DO TIO VICTOR

para o tio Victor que nos dava prendas do dia
para a "Buraquinhos"

Quando o tio Victor chegava de Benguela, as crianças até ficavam com vontade de fugar à escola só para ir lhe buscar no aeroporto dos voos das províncias. A maka é que ele chegava sempre a horas difíceis e a minha mãe não deixava ninguém faltar às aulas.

Então era em casa, à hora do almoço, que encontrávamos o tio Victor. E o sorriso dele, gargalhada tipo cascata e trovão também, nem dá para explicar aqui em palavras escritas. Só visto mesmo, só uma gargalhada dele já dava para nós começarmos a rir à toa, alegres, enquanto ele iniciava umas magias benguelenses.

— Isto, vocês de Luanda nunca viram — abria a mala onde tinha rebuçados, chocolates ou outras prendas de encantar crianças, mais o baralho de cartas para magias de aparecer e desaparecer o Ás de Ouros, também umas camisas posteradas que nós, "os de Luanda", não aguentávamos.

À noite deixávamos ele jantar e beber o chá que ele gostava sempre depois das refeições. Devagarinho, eu e os primos, e até alguns amigos da rua, sentávamos na varanda à espera do tio Victor. É que o tio Victor tinha umas estórias de Benguela que, é verdade, nós, os de Luanda, até não lhe aguentávamos naquela imaginação de teatro falado, com escuridão e alguns mosquitos tipo convidados extra.

Eu já tinha dito ao Bruno, ao Tibas e ao Jika, cambas da minha rua, que aquele meu tio era muito forte nas estórias. Mas o principal, embora ninguém tivesse nunca visto só uma foto de admirar, era a piscina que ele disse que havia em Benguela, na casa dele:

— Vocês de Luanda não aguentam, andam aqui a beber sumo Tang!

Ele ria a gargalhada dele, nós ríamos com ele, como se estivessem mil cócegas espalhadas no ar quente da noite.

— Nós lá temos uma piscina enorme — fazia uma pausa dos filmes, nós de boca aberta a imaginar a tal piscina. — Ainda por cima, não é água que pomos lá — eu a olhar para o Tibas, depois para o Jika:

— Não vos disse?

O tio Victor continuou assim numa fala fantasmagórica:

— Vocês aqui da equipa do Tang não aguentam..., a nossa piscina lá é toda cheia de Coca-Cola!

Aí foi o nosso espanto geral: dos olhos dos outros, eu vi, saía um brilho tipo fósforo quase a acender a escuridão da varanda e a assustar os mosquitos. Nós, as crianças, de boca aberta numa viagem de língua salivada, começámos a rir de espanto e gargalhámos, o tio Victor também, depois rebentámos numa salva de palmas que até a minha mãe veio ver o que se estava a passar.

Agora já ninguém me perguntava nada, falavam diretamente com o tio Victor, queriam mais pormenores da piscina e ainda saber se podiam ir lhe visitar um dia destes.

— Vai todo mundo — o tio Victor riu, olhou para mim, piscou-me o olho. — Vem um avião buscar a malta de Luanda!

Preparem a roupa, vão todos mergulhar na piscina de Coca-Cola, nós lá não bebemos desse vosso sumo Tang...

— Ó Victor, para lá de contar essas coisas às crianças — a minha mãe chegou à varanda.

Ele piscou-lhe o olho e continuou ainda mais entusiasmado.

— Não tem maka nenhuma, pode ir toda malta da rua, temos lá em Benguela a piscina de Coca-Cola... Os cantos da piscina são feitos de chuinga e chocolate!

Nós batemos palmas de novo, depois estreámos um silêncio de espanto naquelas quantidades de doce.

— A prancha de saltar é de chupa-chupa de morango, no chuveiro sai Fanta de laranja, carrega-se num botão e ainda sai Sprite... — ele olhava a minha mãe, olhos doces apertados pelas bochechas de tanto riso, batemos palmas e fomos saindo.

Quando entrei de novo em casa, fui lá para cima dizer "boa noite" a todos. Passei no quarto do tio Victor, ele tinha só uma luz do candeeiro acesa.

— Tio, um dia podemos mesmo ir na tua piscina de Coca-Cola?

Ele fez assim com o dedo na boca, para eu fazer um pouco-barulho.

— Nem sabes do máximo... No avião que vos vem buscar, as refeições são todas de chocolate com umas palhinhas que dão voltas tipo montanha-russa e lá em Benguela há rebuçados nas ruas, é só apanhar — e ficou a rir mesmo depois de apagar a luz. Até hoje fico a perguntar onde é que o tio Victor de Benguela ia buscar tantas gargalhadas para rir assim sem medo de gastar o reservatório do riso dele.

Fui me deitar, antes que a minha mãe me apanhasse a conversar àquela hora. No meu quarto escuro quis ver, no teto, uma água que brilhava escura e tinha bolinhas de gás que faziam cócegas no corpo todo. Nessa noite eu pensei que o tio Victor só podia ser uma pessoa tão alegre e cheia de tantas magias porque ele vivia em Benguela, e lá eles tinham uma piscina de Coca-Cola com bué de chuinga e chocolate também. Vi, também no teto, o jeito de ele estremecer o corpo e esticar os olhos em lágrimas de tanto rir.

Foi bonito: adormeci, em Luanda, a sonhar a noite toda com a província de Benguela.

OS QUEDES VERMELHOS DA TCHI

Os quedes eram da Tchi, minha irmã mais velha. Estavam abandonados numa poeira fina atrás da porta da casa de banho. No dia seguinte havia comício no largo 1º de Maio. A concentração era na minha escola Aplicação e Ensaios, às 7h da manhã. A minha mãe mandou-me ir preparar a farda. Camisa azul-clarinha, calção azul-escuro. Tudo limpinho e engomado. Cheirava àquela naftalina boa que trazia cheiros de antigamente. É um bocadinho assustador, mas mesmo quando somos crianças o antigamente já fica lá longe.

Fui à casa de banho, atrás da porta, aí onde ficavam pendurados os sapatos que já ninguém ligava. Vi os quedes vermelhos da Tchi, que ela nunca gostou muito, só tinha usado durante uns tempos e depois ficaram ali a ganhar poeira. Limpei devagarinho a parte da frente e até um bocadinho das solas com um pano do pó que sempre ficava ali na casa de banho. Experimentei os quedes, confirmei o que já sabia: não me serviam bem, aleijavam-me no dedo grande e no mindinho também. Mas só o póster, ché!, até num vale a pena!

Ainda desci, para dizer à minha mãe que estava tudo preparado.

— Meias também? — ela perguntou.
— Meias, vejo já amanhã de manhã.
— E sapatos?
— Já tá — mas não disse quais eram.
— Então vai ver se o teu cantil tá limpo.

Na cozinha, encontrei o meu cantil antigo. Tinham dado aqueles cantis soviéticos na segunda classe, acho eu, e como eram feitos lá para aqueles frios da União Soviética, eram uns cantis que em vez de manterem a água gelada, lhe aqueciam masé bué. Então nós já tínhamos desenvolvido uma técnica: enchíamos o cantil de água ou sumo e deixávamos o cantil dormir na arca, por uma noite. De manhã, ia mesmo assim, congeladito, a derreter à medida que a manhã avançava, sempre com o líquido puramente gelado. Era um cantil verde-escuro, que não dava para confundir, era soviético mesmo, duro, resistente, que durava anos. Fazia lembrar as akás que eu vi num documentário na televisão, disseram que se pode enterrar uma aká por quarenta anos e desenterrar que ela ainda funciona. O Cláudio disse que o primo dele, que é comando, já confirmou que isso é verdade.

Dia 1º de maio, Dia Internacional do Trabalhador: quase não havia barulho na minha rua, só alguns gatos, os guardas da casa do Jika iam-se deitar, pousavam as akás no chão, lavavam-se ali numa torneira no jardim de trás. O meu pai acordou-me cedo, mais cedo do que tínhamos combinado. Matabichámos juntos, nesse momento que eu adorava: o meu pai abria as portas grandes da janela da sala, e víamos o abacateiro que se espreguiçava para acordar também. Eu e o meu pai matabichávamos com todos os cheiros da manhã.

Fui lá acima, vesti-me, calcei os quedes vermelhos da Tchi. A minha mãe ainda não tinha acordado, então apro-

veitei e calcei mesmo assim sem meias, para não apertar tanto. Mesmo assim doía.
— É o quê? — o meu pai perguntou, quando entrei de novo na cozinha para tirar o cantil da arca.
— Nada, tou pronto — disse, contente.
Os meus primos não gostavam muito de ir ao comício do Dia Internacional do Trabalhador. Nem era obrigatório, a camarada professora disse que só ia quem quisesse, mas eu adorava os comícios naquela altura. Nem sei explicar bem porquê. Era tudo especial, acordarmos cedo, fazermos formação, cantarmos o hino, e irmos juntos, mais ou menos organizados, até ao largo 1º de Maio, sim, o largo chamava-se mesmo 1º de Maio.

Cheguei à escola bem cedo. Os pés doíam-me, magoavam-me em vários pontos, até já me doía a parte do calcanhar também. Mas eu estava bem estiloso, e aguentava. Sentia um fresquinho nas costas, era o cantil completamente congelado. Bons cantis, esses soviéticos, desde que se conhecesse essa técnica de congelar no dia anterior. E fomos.

No largo 1º de Maio estava uma tanta gente acumulada, bué de escolas já em formação, numa curva, todos direitinhos, à espera da vez de marchar. Na tribuna, bem lá em cima, estava o camarada presidente, duma camisa azul-clara e um lenço branco a fazer adeus aos pioneiros que passavam. Às vezes penso que o camarada presidente, lá em cima e tão longe, não devia ver o povo muito bem.

Chegou a nossa vez. Um camarada também aí num microfone tipo escondido aquecia a multidão:
"Pioneiros de Agostinho Neto, na construção do socialismo..."

e nós gritávamos, suados, contentes, meio a rir meio a berrar
"Tudo pelo Povo!" ele continuava
"Um só Povo, uma só...?"
nós de novo
"Nação!"
Passámos mesmo em frente ao camarada presidente, e ainda vi a Paula Simons e o Ladislau, namorado da minha prima Fatinha, a falarem num microfone que eles punham assim no ombro tipo carteira das meninas, estavam a gravar uma reportagem, eu sei, uma vez eu já tinha ido à rádio Nacional e tinham me explicado aquilo tudo.

Quando acabou o comício, ainda nos deram um sumo bué malaico com bolachas, mas as bolachas eram boas, nem sei para quê que levei cantil se sempre me esquecia de beber a tal água congelada no dia anterior. Depois "desmobilizámos", como a camarada professora dizia. Fui para casa. Cheguei cansado, mas foi bom, tinha me divertido, e no caminho para casa ainda houve tempo para ouvir e aprender umas estigas novas com uns miúdos que também voltaram para o meu bairro.

Quando cheguei ao portão, a minha mãe estava lá.
— Correu tudo bem?
— Sim, foi bem fixe, vi a Paula Simons e o Lau, com os microfones da Rádio.
— E o camarada presidente?
— Sim, também tava lá.
— Foste com esses quedes vermelhos, filho?
— Sim, mãe.

Pensei, não sei porquê, que ela fosse me ralhar, os quedes eram da minha irmã Tchissola. Mas não, ela riu, disse para eu mudar a roupa que eu estava todo suado.

Tirei os quedes vermelhos, tinha os dedos grandes, os mindinhos e os calcanhares todos irritados. E cheirava muito a chulé. Eram, para dizer a verdade, uns quedes que não davam jeito nenhum, mas eu gostava deles. Não sei bem porquê. Mesmo dos comícios, também não sei porquê que eu gostava tanto de ir aos comícios. Mas ia. Farda azul, ténis vermelhos, e o cantil soviético na mochila.

Antigamente, eu ia.

MANGA VERDE E O SAL TAMBÉM

para a madalena kamussekele. para os primos

Eu posso ir na despensa gamar sal, mas a maka é que o vosso primo é muito queixinhas. Quem vai lhe convencer?

palavras da Madalena Kamussekele

Uma pessoa quando é criança parece que tem a boca preparada para sabores bem diferentes sem serem muito picantes de arder na língua. São misturas que inventam uma poesia mastigada tipo segredos de fim da tarde. Era assim, antigamente, na casa da minha avó. No tempo da Madalena Kamussekele.

O Sol ainda quase não tinha ido embora. Ali, mesmo em frente à casa da avó Nhé, havia muita poeira dos camiões com trabalhadores soviéticos. Todos saíam do trabalho com fatos azuis e capacetes amarelos. Eram as obras do mausoléu que estavam a construir para o camarada presidente Neto. O mausoléu que nós chamávamos de "foguetão" pois parecia um foguetão que ia mesmo voar.

Estávamos sentados no muro. Era já nosso hábito fazer assim uma pausa de ver aquela tanta gente sair contente. O trabalho deve ser uma coisa muito chata porque todo mundo ri quando sai do trabalho. Éramos ainda alguns: nós, os primos, os da casa do senhor Tuarles e até o Gadinho e o Paulinho.

Quando a Madalena chegou com dois sacos de compras, nós espreitámos: óleo, duas garrafas; sabonete azul, três barras; lata de chouriço, duas; açúcar, um saco; fósforos, quatro caixas; sal grosso, dois sacos pequenos.

Foi esse o azar da Madalena, na imaginação de nós todos ao mesmo tempo: nessa tarde tínhamos apanhado bué de mangas verdes na casa da dona Libânia. A Madalena entrou, foi arrumar tudo na despensa e depois nos encontrou já com o plano.

— Madalena Kamussekele — o Paulinho falou. — Não dá para nos desenrascares num bocado de sal grosso?

— Kamussekele é a tua tia, tás a ouvir? — a Madalena não gostava daquele apelido forçado que o meu primo Nitó tinha lhe aplicado. Isso porque ela tinha um rabo assim "sobressaído", como dizia o Nitó.

Mas depois a Tchi e a Naima falaram bem com a Madalena. Nos dois sacos de sal grosso era só tirar lá duas mãozinhas que nem a tia Maria ia dar conta. Havia bué de manga verde, e a avó e a tia tinham ido numa missa urgente dum enterro de última hora. Éramos bué, ao fim da tarde com banda sonora dos camiões e os gritos dos trabalhadores soviéticos. Éramos bué a olhar assim para a Madalena. Ela olhou para mim.

— Não vais fazer queixinhas? — todos me olharam num silêncio de espera. Fiquei fraco.

— Eu? Nem pensar.

O grupo dos rapazes foi buscar as mangas escondidas no galinheiro da casa do senhor Tuarles. As meninas — mais a Madalena que não queria ser Kamussekele — foram gamar sal grosso na despensa da tia Maria.

Trouxeram sal nas mãos bonitas em concha com cheiro assim duma praia secreta. O Paulinho tinha um canivete e cortou as mangas aos bocadinhos. Cada um pegava num pedacito de manga verde, misturava com o sal e comia devagar. Entre gargalhadas pequeninas, íamos dividindo o momento e a tarde, os olhares e os arrepios, os sons gulosos e a sujidade das mãos que pingavam esquebras de suco para as formigas beberem. Eram risos ao fim da tarde com banda sonora dos camiões e restos de sol só possíveis de acontecer com manga verde na boca, anestesiada com o sabor salgado do sal grosso, melhor porque roubado.

Afastei-me aos poucos. Fui lavar as mãos, vi que as horas tinham passado a puxar a hora do jantar. Avisei a Madalena:

— É melhor pores a mesa do jantar senão a avó ainda te ralha.

Ela, bem armada só porque estava na responsabilidade de vir buscar mais sal grosso, respondeu mal:

— A conversa ainda não chegou na casa de banho.

Todos riram. Mesmo os meus primos.

Na televisão estava a dar desenhos animados da Pantera Cor-de-Rosa e de repente sem avisarem começaram a dar *Dom Quixote e Sancho Pança*, que todo mundo adorava — mas também não fui lhes avisar. O telefone tocou. Era a avó Nhé.

— Ó filho, chama a Madalena.

— A Madalena tá lá fora no muro, avó — lhe queixei.

— E a mesa tá posta?

— Não, avó — queixei de novo.

Ainda ouvi a avó dizer à tia Maria "quando chegarmos a casa, a Madalena vai-me ouvir", depois desligou. Também não fui avisar.

Chegaram, a avó e a tia Maria, vestidas de preto e quase tristes, mas a falarem das roupas das outras senhoras, e de quem tinha chorado com vontade, e quem fingia só tipo "lágrimas de crocodilo", como diz a avó Nhé. Ficaram zangadas com a Madalena porque o jantar estava atrasado, a mesa não estava pronta e ainda havia pingos de manga no chão.

— Comeram manga? — perguntaram.
— Sim. Manga verde — queixei.
— Manga verde? — a avó já a gritar. — Ó Madalena, foste tu que deste manga verde aos miúdos?
— Não fui eu, madrinha.
— É verdade, avó. A Madalena só deu o sal grosso — queixei de novo.

A Tchi e a Naima me olharam com cara de más, fingi que não vi. Queixei mesmo. Ainda disse que a Madalena tirou sal das compras e foi lá dentro mais vezes.

Começámos a jantar. A tia Maria veio buscar um cinto que guardava na gaveta da sala e começou a bater na Madalena. A avó foi também. Nós comíamos a sopa. Todos olhavam para mim a me culparem com os olhares deles. Ouvia-se bem na sala o assobio do cinto ritmado com o choro cantado da Madalena.

— Tás a ouvir? — alguém perguntou.
— Não — respondi. — O choro da Madalena ainda não chegou na casa de banho.

No tempo da Praia do Bispo, ninguém então podia me confiar num segredo de mangas verdes com sal.

BILHETE COM FOGUETÃO

com um beijinho para a Petra

Foi no tempo da terceira classe.

Quando a Petra entrou na sala já deviam ser umas 3h da tarde. Lembro-me disso porque sabíamos mais ou menos as horas pelo modo como as sombras invadiam a sala de aulas.

A Petra tinha o tom de pele escuro, bem bronzeado, e vinha com umas roupas bem bonitas que se fosse a minha mãe não me deixava vestir assim num dia normal de aulas. Uma mochila toda colorida como quase ninguém tinha naquela época. Então eu acho que tudo aconteceu em poucos minutos, assim muito de repente.

Já não consegui prestar atenção à aula e a Marisa, que sentava na carteira ao lado, reparou que eu estava toda hora a olhar. A delegada de turma também viu. E a Petra também.

Na hora do intervalo o Cláudio veio me buscar para eu ser defesa na equipa dele de futebol e eu disse que não. O Helder, que organizava a outra equipa, até me prometeu posição de avançado mas eu recusei. Fiquei todo intervalo na sala, na minha carteira, a rasgar as folhas onde eu tentava escrever um bilhete para a Petra.

Depois do intervalo todos voltaram com respiração depressada e o suor do corpo a molhar as roupas, alegres também porque a camarada professora Berta disse que ainda ia demorar. Deu ordens à delegada para sentar todo mundo e apontar numa lista o nome dos indisciplinados.

Primeiro houve aquele silêncio assim de cinco minutos que todos têm medo de ficar na lista e ninguém quase se mexe. Depois começaram a desenhar, jogar batalha naval e tentar pedir com-licença à delegada para falar com alguém. O meu bilhete estava pronto, dobrado, mas eu não sabia se devia ou não dar o bilhete à Petra.

A Marisa olhava para mim como quem perguntava alguma coisa. E essa resposta que ela queria com palavras ou um olhar eu também não tinha para mim. Mesmo sem ter ido jogar futebol, eu suava na testa e nas mãos.

Fiz sinal à delegada que queria falar com ela, mas ela disse que não. A Marisa disse-me então que ela podia ir.

— Entrego a quem?
— À Petra.

A Marisa nem esperou eu ter acabado bem de decidir, tirou-me o bilhete da mão e foi a correr. O meu olhar acompanhou a Marisa na corrida em direção à Petra. De repente me deu uma tristeza enorme quando a vi passar além da Petra e entregar o papel já meio aberto à delegada de turma.

A delegada mandou todos fazerem um silêncio que eu não conseguia engolir na minha garganta dura. Era o meu fim. Como é que eu ia enfrentar os rapazes depois daquele bilhete para a Petra a dizer que ela tinha "um estojo bonito com cores do Carnaval da Vitória e a mochila também, pele tipo mousse de chocolate e uns olhos que, de longe, pareciam duas borboletas quietas e brilhantes"?

Cruzei os braços na carteira, escondi a cabeça, fechei os olhos, e pelos risos eu ia entendendo o que se passava ali. Quando ela acabou de ler, houve um silêncio e eu sabia que a delegada devia estar a olhar para o desenho. Como eu não sabia desenhar quase nada, tinha feito um pequeno foguetão desajeitado porque achei que fazer flores também já era de mais. A delegada riu numa gargalhada só dela, bem alto. A Marisa quis saber o que era. Ela amarrotou o bilhete e guardou no estojo.

— Ele desenhou um "fojetão".

— Um "fojetão"?!

Aí confirmei na minha cabeça que aquela menina não podia ser nossa delegada: ela não sabia ler o "gue", e eu tinha a certeza absoluta de ter escrito "foguetão". A camarada professora Berta entrou e eu estremeci, pensei que fossem me queixar do bilhete, mas nada, todos estavam parados, como borboletas!, isso mesmo, borboletas quietas.

No fim da tarde, a Petra foi logo embora sem falar com ninguém, e os rapazes da minha turma foram bem simpáticos, ninguém me estigou e até o Filomeno, que era tão calado, deu-me uma pancada leve nas costas que eu entendi tudo sem ele ter dito nada com a boca. Cheguei a casa muito confuso e um pouco triste, mas já não queria falar mais do bilhete.

— Correu bem o dia? — a minha mãe me deu um beijinho.

— Sim, foi bom — tirei a mochila das costas. — Mãe, "foguetão" não é com "gue", como na palavra "guerra"?

— Claro que sim, filho.

Olhei devagar para ela. Fiquei a sorrir. A minha mãe também tem uns olhos assim enormes bem bonitos de olhar.

AS PRIMAS DO BRUNO VIOLA

para o Bruno Ferraz

As festas na casa do Bruno Viola tinham sempre muitos bolos e salgados, música bem alta, boa jantarada tipo feijoada ou churrasco, e muita, muita gasosa. Mas nós, os rapazes da rua Fernão Mendes Pinto, gostávamos mesmo era das primas do Bruno. O Bruno Viola tinha umas primas muito bonitas.

Uma tinha o cabelo assim bem liso e loiro, vinha do Bairro Azul com umas saias bem curtas que todo mundo queria dançar *slow* com ela. Primeiro era o Bruno que mesmo sendo primo sempre gostava de dançar apertado com as primas dele. Lembro até hoje: os cabelos dela cheiravam a um amaciador de abacate que uma pessoa no meio da dança até quase que ficava nas nuvens. Esse cheiro se misturava com o perfume que a mãe dela também usava. A camisa era preta e branca às riscas com um ursinho mesmo em cima da mama esquerda dela. A saia era jeans azul pré-lavado, que nessa época estava na moda. O Bruno já tinha dançado com ela, o Tibas também. Era a minha vez e eles ficaram cheios de inveja porque puseram aquela música do Eros Ramazzotti que durava 11 minutos.

O meu nariz perdia-se entre o pescoço suado dela e os cabelos loiros, compridos. Às vezes é só assim, um gajo apanha esse *slow* bem comprido que dá tempo de falar bué com a dama. Todos a olharem para mim na minha sorte demorada, até as pernas já me doíam do cansaço de estar a dançar tão devagarinho com a prima do Bairro Azul.

Outras primas também estavam na festa: a Filipa, que era da nossa idade; a Eunice, mulata linda e cambaia, que tinha vindo do Sumbe; e a Lara, que era um pouco mais velha, já tinha as mamas grandes como as mulheres adultas, também já punha perfume de mais-velha, e era uma moça que tinha viajado muito, acho eu, porque estava toda hora a falar de Paris. Então foi isso: enquanto eu dançava a música do Eros Ramazzotti, a Lara olhou para mim com um olhar bem estranho. Eu fechei os olhos, dei um beijinho disfarçado no pescoço da prima do Bruno. Um sabor salgado me ficou na boca e eu gostei.

A música acabou, abri os olhos. A prima do Bairro Azul sorriu para mim, mas eu duvidei que aquilo significasse alguma coisa. Ela estava muito doce no sorriso dela, mas acho que ela gostava mesmo era do Tibas. Fui buscar uma gasosa, era uma Fanta daquelas bem cor de laranja que até inchava a língua. A música tinha parado, estavam nos preparativos do "parabéns a você". Vi a Lara olhar de novo para mim.

O Pequeno, um miúdo também da minha rua, imitava muito bem a voz da Lara. Era uma voz diferente, para uma rapariga, difícil mesmo de imitar ou de explicar. Mas pode-se dizer que era uma voz grossa, muito grossa e rouca. E o Pequeno imitava assim a Lara: "Ó pá, eu já fui a Paris, pá, vocês conhecem Paris?" Ele fazia a voz grossa e a malta toda ria, não era preciso dizer nada, todo mundo imaginava a pessoa que falava assim.

A Lara olhava para mim, eu olhava para a Filipa, e o Tibas falava com a prima do Bairro Azul. A Filipa, irmã da Lara, era muito bonita, e até na rua diziam que eu e ela tínhamos de namorar, mas isso ainda nunca tinha acontecido. Mas, sim, eu achava a Filipa muito bonita, tinha uma pele escura tipo indiana dos filmes que muitos rapazes da minha rua ficavam atrapalhados a olhar para ela. Começaram a cantar os parabéns. Todo mundo olhava para o centro da mesa onde estava o bolo horroroso e cheio daquele glacê adocicado que enjoa. Eu ouvi a voz, lá longe, do outro lado, perto da bomba de água e da bananeira, a chamar o meu nome. Ouvi mesmo bem, mas fingi que não era comigo.

A voz continuava. Era uma voz grossa tipo um instrumento de tocar jazz, primeiro baixinho. Depois, naquela parte que se canta "hoje é dia de festa, cantam as nossas almas", e todo mundo já grita bem alto, a Lara me ameaçou com a voz dela:

— Vem cá, não tás a ouvir?

Tive que ir.

A bomba de água disparou, fez um barulho esquisito. A Lara estava sentada numas escadas que já tinham sido invadidas por trepadeiras enormes. Fez-me sinal com a mão para eu me sentar perto dela. Tinha as pernas meio abertas como fazem os rapazes, sentada numa posição que a minha avó Agnette me disse que as meninas nunca se deviam sentar. E falou-me com a voz grossa:

— Anda cá, senta-te aqui perto de mim.

Eu olhei lá para dentro, não consegui ver ninguém. Estava escuro e o lugar só cheirava à trepadeira e ao perfume pesado da Lara. Ela apertou-me no braço, quando eu ia sentar, e sentou-me no colo dela. Não falou nada, ficou só a respirar perto da minha cara. Tinha também um suor molhado no pescoço.

— Dá-me um beijo na boca... — ficou a olhar para mim com uma cara quieta. — Com a língua também.

Puseram música de novo, uma música bem animada, que chamávamos de "Alice Stein", mas que era na verdade uma música dos Kassav. Eu transpirava, aquela já era uma situação muito séria, a Lara era muito assanhada, até diziam que já tinha feito malcriado com rapazes mais velhos. Eu estava bem atrapalhado, ela me segurava no braço com força.

— Dá-me lá um linguado — ela disse com a voz mais rouca e a fechar os olhos.

Uma pessoa quando é criança às vezes não sabe que é bom ter medo e deixar certas coisas acontecerem. Não sei como seria o tal "linguado", mas tive medo que a Lara, com a voz dela e as mamas grandes e os perfumes franceses, tive medo que a Lara me beijasse de um modo que eu nem sabia bem qual era.

A mãe do Bruno me chamou para eu comer o bolo horroroso com glacê e eu gritei logo acusando o lugar:

— Tou aqui, tia Luna.

O Tibas e a prima do Bairro Azul vieram com um pires e uma fatia enorme que eu tive mesmo de comer. Muita gente se aproximou das escadas das trepadeiras. A Lara sentou-se de outra maneira, endireitou o vestido e o cabelo. Do meu pires tirava pedaços de bolo que comia muito devagar, e chupava os dedos cheios de glacê branco sem parar de olhar a minha boca.

O Bruno Viola tinha umas primas muito bonitas.

O PORTÃO DA CASA DA TIA ROSA

para a tia Rosa, para o tio Chico

Só sei que eu nunca fui à creche. Tentaram durante uns dias, mas eu chorava o tempo todo. Quando a minha mãe ia me buscar mais cedo, encontrava-me com os olhos bem inchados. Por isso, desde bebé, eu sempre fiquei na casa da tia Rosa. Passava lá as tardes com as filhas dela a ouvir os discos do Roberto Carlos. Ela era minha madrinha, mas para mim sempre foi a "tia Rosa".

Anos depois, naquela tarde, os meus pais levaram-me à casa da tia Rosa. O meu pai conduzia distraído, mudando as estações do rádio conforme lhe apetecia. Eu olhava a cidade pela janela do carro, desde pequeno que eu gostava de fazer isso, ficar a olhar as pessoas na rua, o modo como se mexiam, como mexiam as mãos, ou como estavam vestidas, e imaginar a estória da vida dessas pessoas. A minha mãe ia calada, muito calada. Tão calada que eu pensei que ela estava triste.

O meu pai parou o carro e houve um silêncio estranho. Ninguém falou nada. Nem eu. Achei estranho não ter ali fora nenhum carro do tio Chico. O tio Chico era o marido da tia Rosa. O portão estava destrancado, e lá dentro, a gaiola enorme das rolas não tinha rolas.

A mãe saiu do carro, deu a volta, abriu-me a porta. Disse alguma coisa que uma certa tristeza já não deixou ouvir bem. Atravessei a rua com cuidado, empurrei o portão. Havia qualquer coisa apertada dentro do meu peito, e uma vontade de lágrimas nos meus olhos, mas eu nem sabia se podia falar. Também não entendia aquela vontade de chorar, mas achei que estava a entrar num lugar frio apesar do sol que fazia. A minha mãe ficou no portão. Eu entrei.

Cheguei perto das grades da gaiola. Prendi as mãos nos buraquinhos pequeninos e quase posso jurar que ouvi o barulho das rolas quando, ao fim da tarde, eu e a tia Rosa vínhamos lhes dar comida. Parece que elas adivinhavam, começavam a voar, a dançar, a brincar, a tia Rosa ria uma gargalhada pequenina que ela tinha sempre guardada só para mim, abria a porta, eu entrava lá para o meio da confusão. Distribuía comida, muito mais comida do que aquela que as rolas precisavam, e a tia Rosa deixava. A tia Rosa deixava-me fazer tudo. Outros mais-velhos diziam que a tia Rosa me estragava com mimos, mas eu não sei nada disso. Ficávamos ali a brincar com as rolas, eu apanhava os ovos e entregava à tia Rosa. E, sem eu saber, estávamos também à espera que o tio Chico chegasse do trabalho.

A porta da gaiola fechava. As rolas ficavam mais calmas, como os bebés, quando comem: primeiro calam-se, depois adormecem devagarinho encostados na chucha das mamãs. Só que as rolas não usam fraldas, faziam cocó no chão da gaiola e era preciso cuidado quando se entrava ali. Depois ficávamos no portão. O portão aberto. Eu e a tia Rosa à espera do tio Chico. A tia Rosa, lembro-me muito bem, não dizia "tio Chico", ela sempre dizia "ti Chico". A mãe do João Valente podia passar e cumprimentar. Ou então outra senhora da rua de trás. Eu com vergonha encostava-me às pernas da tia Rosa. Ela ria de novo. "É muito envergonha-

do...", dizia, e me puxava mais contra ela. Lembro como se fosse agora: como a mão muito bruta veio lenta, ela coçava o meu cabelo. Só que a tia Rosa não sabia que me dava sono.
— Aí mesmo, tia, tenho comichão.
— Aqui?
Depois coçava já com as duas mãos, e depois começava a fingir que estava a procurar piolhos. Não há melhor coçadela de cabeça do que essa, quando parece que estão a procurar piolhos. Não tenho a certeza, mas acho que eu adormecia de pé. A mão da tia Rosa mergulhada nos meus cabelos — e as vozes delas a falarem por cima de mim. Até que o tio Chico chegava e entrávamos lá para o quintal.

Assim o Sol já tinha ido embora. As rolas adormeciam ou calavam-se. O tio Chico dizia para eu buscar um fino ali naquela torneira de parede onde saía cerveja. O tio Chico gostava muito de cerveja como todas as crianças gostavam de gasosa. A tia Rosa tinha posto um banquinho em baixo da torneira da cerveja para eu chegar lá e tirar os finos.

— Ndalu..., vamos? — a minha mãe perguntou.

Eu tinha umas quantas lágrimas assim nos olhos, e tive vergonha que ela me perguntasse "o que foi?" e eu não soubesse explicar nada. Olhei lá para dentro, na direção do quintal. Quase ouvi de novo a voz da tia Rosa chamar-me para jantar. Eu tinha que jantar cedo, pois os meus pais vinham-me buscar depois. Mas a minha mãe não perguntou nada. Tocou-me nas costas, muito devagarinho, como se tivesse cuidado para não me sacudir muito. Acho que ela percebeu que se me sacudisse muito podiam cair mais lágrimas.

Tive que sair. Não me apetecia sair dali, de uma das casas da minha infância de tantas brincadeiras. Mas não me apetecia estar ali sem a tia Rosa e sem o tio Chico. Olhei o pequeno lago quase na saída, e também não vi os cágados. Nem vozes, nem barulhos de vizinhança. Nada.

Quando a minha mãe fechou o portão, aquele barulho fez um estrondo bem maior. Eu já estava no carro e começaram a vir muitas lágrimas. Quando eu era tão criança eu não entendia mesmo as lágrimas. O portão ficou fechado. A gaiola das rolas toda aberta. As rolas deviam estar longe. Se calhar elas também não gostavam de estar mais naquela gaiola sem a tia Rosa para tomar conta delas.

A minha mãe não olhava para mim. O meu pai sintonizou o rádio numa estação que tocava, para as rolas, para a tia Rosa, para o tio Chico e para mim, uma música do Roberto Carlos: "por mais que eu faça, não adianta, você nem nota, minha existência; e os dias passam correndo, vou acabar te perdendo, e os dias passam correndo, vou acabar te perdendo..."

OS CALÇÕES VERDES DO BRUNO

Até a camarada professora ficou espantada e interrompeu a aula quando o Bruno entrou na sala. Não era só o que se via na mudança das roupas, mas também o que se podia cheirar com a chegada daquele Bruno tão lavadinho.

No intervalo, em vez de irmos todos brincar a correr, cada um ficou só espantado a passar perto do Bruno, mesmo a fingir que ia lá fazer outra coisa qualquer. A antiga blusa vermelha tinha sido substituída por uma camisa de manga curta esverdeada e flores brancas tipo Hawai. Mas o mais espantoso era o Bruno não trazer os calções dele verdes justos com duas barras brancas de lado. A pele cheirava a sabonete azul limpo, as orelhas não tinham cera, as unhas cortadas e limpas, o cabelo lavado e cheio de gel. Até os óculos estavam limpos. Tortos mas limpos.

Lá fora a gritaria continuava. O Bruno, ao contrário dos últimos seis anos de partilha escolar, estava mais sério e mais triste.

Fiquei no fundo da sala. Eu era grande amigo do Bruno e mesmo assim não consegui entender aquela transformação. Olhei o pátio onde as meninas brincavam "35 vitórias". Na porta, uma contraluz do meio-dia iluminava a cara espantada da Romina. Eu olhava a Romina, o Sol na porta e o Bruno também.

O mujimbo já tinha circulado lá fora e eu nem sabia. Havia uma explicação para tanto banho e perfumaria. Parece que o Bruno estava apaixonado pela Ró. A mãe do Bruno tinha contado à mãe do Helder todos os acontecimentos incríveis da tarde anterior: a procura dum bom perfume, o gel no cabelo, os sapatos limpos e brilhantes, a camisa de botões. A mãe do Bruno disse à mãe do Helder, "foi ele mesmo que me chamou para eu lhe esfregar as costas".

Depois do intervalo o Bruno passou-me secretamente a carta. Começava assim:

> *Romina: nos últimos dias já não consigo lanchar pão com marmelada e manteiga, e mesmo que a minha mãe faça batatas fritas nunca tenho apetite de comer. Ainda por cima de noite só sonho com os caracóis dos teus cabelos tipo cacho de uva...*

A carta continuava bonita como eu nunca soube que o Bruno sabia escrever assim. Ele tinha a cara afundada nos braços, parecia adormecido, eu lia a carta sem acreditar que o Bruno tinha escrito aquilo mas os erros de português eram muito dele mesmo. Era uma das cartas de amor mais bonitas que ia ler na minha vida, e eu próprio, anos mais tarde, ia escrever uma carta de amor também muito bonita, mas nunca tão sincera como aquela.

A camarada professora era muito má. Veio a correr e riu-se porque eu tinha lágrimas nos olhos. Pegou na carta e rasgou tudo em pedacinhos tão pequenos como as minhas lágrimas e as do Bruno. A Romina desconfiou de alguma coisa, porque também tinha os olhos molhados.

O sino tocou. Saímos. Era o último tempo.

No dia seguinte, com um riso que era também de tristeza e uma espécie de saudade, o Bruno apareceu com a blusa dele vermelha e os calções verdes justos com duas riscas brancas de lado. Deu a gargalhada dele que incomodava a escola toda e veio brincar connosco.

Na porta da sala, uma contraluz amarela do meiodia iluminava a cara bonita da Romina e os olhos dela molhados com lágrimas de ternura. E o Bruno também.

O BIGODE DO PROFESSOR DE GEOGRAFIA

O camarada professor de Geografia era um homem baixinho com uma barriga redonda e um bigode muito fininho tipo dos artistas dos filmes. Falava quase sempre baixo e tinha pouca paciência nas aulas. Um dia no intervalo até alguém disse que ele não gostava de nós. Não sei.

Naquele dia o Joel e o Nuno estavam mais parvos do que o habitual. E o camarada professor de Geografia não gostava nada das nossas parvoeiras tipo estigas de gozar com os professores. Fazia muito calor e as aragens todas tinham desistido de atravessar a nossa sala de aulas.

O momento foi desses assim inesperados: ninguém pode saber quando uma coisa estranha vai acontecer. A irritação de um professor ou de um aluno, ou dos dois, é um mistério. Mesmo, para mim, as crises de asma repentistas da minha colega Luaia também eram de mistério e susto.

E aconteceu.

O camarada professor, de pé, no quadro, de costas para nós. Na camisa esverdeada de quase todas quintas-feiras um suor já tinha virado mancha escura. O Joel estigou:

— Ché, o camarada professor tipo que tem o mapa de África desenhado no porta-bagagens!

Todos rimos. O camarada professor pousou o giz no quadro e deu-nos uma olhada de mandar calar. Trememos. No quadro, pela mão dele transpirada, um problema qualquer estava a ser apresentado. Quando ele escreveu "setenta minutos", o Nuno iniciou a fala dele:

— O camarada professor não pode dizer setenta minutos — e riu bem alto. — Diz-se 1h10min.

O resto da turma já não riu. O suor no "mapa de África" tinha aumentado. O giz foi largado da mão suada e caiu de repente no chão — mil pedacinhos do nosso medo — num estrondo quase nenhum mas que eu podia aqui dizer que foi ruidoso. O camarada professor virou-se. Até nos pareceu que o bigode dele também estava irritado connosco. O Nuno parou de rir e teve medo.

Os passos do camarada professor foram lentos até à porta. As mãos dele fecharam a porta com estrondo e susto de filme de terror — e o calor também. Deve ter sido espanto o que sentimos quando ele falou:

— Ó seus filhos da puta, vocês tão a brincar com esta merda ou quê?

Desde a pré-cabunga até à sétima classe, eu nunca tinha ouvido um professor dizer um disparate em plena sala de aulas. O medo estava connosco.

O camarada professor andou devagar e sentou-se na secretária dele. Apontou o dedo para um qualquer, mas era como se fosse atingir a sala toda. Ainda bocejou e sentimos o cheiro da bebida que sempre lhe acompanhava.

— Pensam que a merda do salário que me pagam aqui é suficiente pra vos aturar? Ahn? E não vale a pena irem fazer queixinhas nos vossos pais.

Fez uma pausa terrível de filme de suspense.

— Vocês tenham muito cuidado... Muito cuidado mesmo.

Nós a tremer. O tempo não queria passar.

— Se um dia destes lerem no jornal que o professor de tal matou umas pessoas..., não tenham dúvidas: sou eu mesmo! Ouviram bem, seus filhos da puta?

A tarde estava quieta sem passarinhos de fazer um bocadinho de barulho. Nada. O medo era tanto que ninguém engolia cuspe para não fazer ruído com a bola da garganta. O camarada professor olhou o relógio e bocejou mais uma vez. Quando o sino tocou ninguém se mexeu.

— Podem sair — ele disse, devagarinho.

Um a um, certinhos tipo num quartel, fomos saindo.

O camarada professor, assim meio triste, foi o último a abandonar a sala. Tinha as costas completamente ensopadas de suor, numa mancha que não fazia mais desenho nenhum.

Uma luz bem encarnada de sol fazia brincadeira de brilhos no rosto, nos olhos, nos bigodes dele. O camarada professor de Geografia tinha o bigode dos maus dos filmes.

NO GALINHEIRO, NO DEVAGAR DO TEMPO

Para fazer as contas e contar o dinheiro, é melhor chamar a Charlita. Ela é a única que vê bem com os óculos dela.

palavras da avó Maria, enquanto
vendia kitaba com jindungo

Quando partiram, a Charlita ia contente com um vestido muito limpinho mas que não era novo, e os óculos dela no rosto a sorrir enquanto fazia adeus a todos da Praia do Bispo. Parecia que já estava há muito tempo na Tuga, mas os da casa dela falavam em três semanas. Naquele tempo o tempo então passava devagar e, à noite, nós íamos ver telenovela na casa do senhor Tuarles. Como o senhor Tuarles não estava, ninguém dizia "deem espaço, porra", porque essa frase era muito dele.

As irmãs todas da Charlita andavam desanimadas com a telenovela porque a Charlita tinha ido a Portugal, com o senhor Tuarles, e tinha levado os famosos óculos feios. A Áurea, irmã da Charlita, ainda pediu para ela emprestar os óculos naquelas semanas, pois estavam a passar os últimos capítulos da telenovela *Roque Santeiro*, mas a Charlita não podia deixar os óculos porque ia precisar deles em Portugal para fazer exames das vistas. Naquele tempo dizíamos "as vistas". Eu estava lá na tarde que o senhor Tuarles disse à dona Isabel que tinha conseguido uma "junta médica" para ir à Tuga tratar as vistas da Charlita.

— Mas a Charlita é a única que já tem óculos, podias ter conseguido alguma coisa para a Arlete, que é a mais velha.

— Podia, mas não consegui — o senhor Tuarles respondeu, e subiu as escadas a assobiar a música do lobisomem dessa mesma telenovela.

Nós ficámos calados. A dona Isabel olhou para a Arlete e depois para a Charlita.

— Não faz mal. Vai uma de cada vez.

Fomos todos lá fora espalhar a notícia. A Charlita ia a Portugal num avião bem grande que fazia bué de barulho e voava bué de horas sem parar para pôr gasolina. Ela ia lá ver as lojas de Portugal, comprar roupas bonitas, comer bué de gelados e ia ao médico das vistas, quem sabe mesmo iam lhe dar uns óculos novos e aqueles óculos amarelos e feios iam sobrar para as outras quatro irmãs. Essa estória era antiga no bairro da Praia do Bispo: eram cinco irmãs, todas viam muito mal e só a Charlita tinha uns óculos feios mas que davam para ver bem as telenovelas brasileiras.

Durante essas semanas não houve notícias do senhor Tuarles e da Charlita. A telenovela estava quase a acabar e, apesar das irmãs dela ficarem atentas ao som — olhando a televisão de muito perto —, no fim do episódio nós íamos sempre lá fora, sentar no muro e contar todo o episódio outra vez. Eu gostava muito desse momento porque todo mundo modificava a novela, mexia nas conversas dos personagens, inventava novas situações, e as irmãs da Charlita deliravam contentes ou confusas com essas versões angolanas da telenovela.

Às vezes, alguém punha assim um pensamento alto, "será que a Charlita tá contente lá na Tuga?", e esse era um tema de conversa que durava, cada um punha a sua versão, uns imaginavam ela com novos brinquedos oferecidos pelo próprio médico das vistas, outros falavam das vistas dela já arranjadas, alguém dizia que isso era mentira pois as vistas da Charlita eram estragadas de nascença, "talvez então uns óculos novos e bem potentes tipo binóculos", outros falaram de lojas grandes com bué de roupas coloridas, mas a Arlete foi ficando mais séria e disse uma frase que assustou todo mundo:

— Se lá tiverem muitos bares, a Charlita vai voltar com os mesmos óculos.

Todo mundo ficou silencioso só nuns ruídos de matar os mosquitos que estavam a nos picar nas pernas.

A dona Isabel chamou as filhas para dentro de casa, o Paulinho saiu também a correr e a avó Nhé veio nos ralhar de estarmos ali no muro até tão tarde, "mas vocês gostam de dar de beber aos mosquitos, ou quê?", e rimos porque a avó Nhé gostava de dizer essas frases dela assim tipo das telenovelas.

Antes de adormecer perguntei à avó se aquele bar ali perto do hospital Maria Pia, que afinal se chama hospital Josina Machel, se aquele bar era do senhor Tuarles e a avó disse que sim. Depois perguntei se ela achava que ele ia beber muito lá nos bares de Portugal e a avó disse que na Tuga não era como aqui e a cerveja, por mais que se bebesse, era difícil de acabar.

Passaram mais dias. Nessa semana já estavam a anunciar mesmo os últimos capítulos do *Roque Santeiro*. Fiquei triste e, de tarde, a Geny — irmã da Charlita que às vezes brincava comigo de arco e flecha tipo Robin dos Bosques — veio me chamar para brincar e eu tive que lhe dizer que não tinha vontade, porque estava a pensar no fim da telenovela.

— Mas essa acaba e depois começa outra — a Geny falou, enquanto afiava um pau fininho para ser a flecha dela, depois se calhar íamos acertar nas galinhas da tia Maria e nos morcegos que andavam a atacar a mangueira.

— Outra novela? — olhei para ela sem vontade mais de brincar. — E essa novela por acaso dá a música do padre quando tá triste porque gosta da filha da Sinhôzinho Malta? Essa nova telenovela tem cenas da dona Lulu a se olhar no espelho com os olhos todos pintados porque ela gosta do marido da dona da boate, mas tem medo que o Zé das Medalhas chegue a casa e lhe bata? E os discursos do professor Astromar Junqueira que afinal deve mesmo ser o lobisomem? E os beijos do Roque com a viúva Porcina da boca bem grande? E as prostitutas da rua da Lama que vão à igreja? E nessa outra novela o Sinhôzinho Malta tem coleção de perucas que chamam de capachinho? Ahn? Tu sabias que esse ator o nome dele verdadeiro é Lima Duarte e que ele é que fazia de Zeca Diabo na telenovela do *Bem-amado* com o Odorico Paraguaçú, chefe de Sucupira com um cemitério bem difícil de inaugurar?

— O quê?! — a Geny guardou as coisas dela e foi embora a reclamar que eu andava a falar bem à toa.

Ninguém falava noutra coisa. O assunto era só o fim da telenovela *Roque Santeiro* e ainda por cima uma colega da escola leu numa revista que o Roque, no fim, não ficava na cidade de Asa Branca, e pior, que o Zé das Medalhas ia morrer afogado. Só sei que fiquei bem triste a pensar na morte do Zé das Medalhas.

A avó Nhé veio me chamar para lanchar. Na hora do lanche todos podiam beber chá preto, menos eu, porque diziam que o chá preto fazia mal e que eu era "nervoso". A Madalena entrou com a notícia que me cortou todos esses pensamentos:

— A Charlita e o senhor Tuarles chegam hoje à noite.

Todos ficaram contentes, eu também, coitada da Charlita se chegasse uns dias depois do fim da telenovela, além de perder o último capítulo, ia ter que acreditar nas nossas versões bem aumentadas.

O sol se pôs atrás das obras dos soviéticos. O mesmo de sempre: a poeira do fim da tarde e o soviético a conduzir o camião-cisterna que deitava água na rua para acalmar o pó. Os nossos gritos a gozar com ele e os gritos dele, em soviético, que parecia um português mastigado e cuspido ao contrário. A rua ficou húmida a deitar um cheiro de Sol no alcatrão que tremia refrescado.

Todos cá fora esperavam o senhor Tuarles e a Charlita que tinham ido a Portugal. A avó Maria, mãe da dona Isabel, a dona Isabel, os dois filhos, as quatro filhas. A minha avó na varanda com a tia Maria. Nós, os primos. O Gadinho no quintal dele, o Paulinho e até o Xana na esquina da rua dele. Nas pernas, um monte de mosquitos que sempre acordavam àquela hora da noite. O cheiro da figueira, da goiabeira e das mangas roídas pelos morcegos. Ninguém falava e só a Áurea fungava do nariz mas não conseguia recolher o ranho que lhe brilhava nas narinas.

A Charlita vinha no banco de trás. O senhor Tuarles vinha muito sentado no banco da frente e um senhor desconhecido conduzia um Lada amarelo com o tubo de escape roto. O barulho animou a malta. Deram a volta longe, do outro lado da bomba de gasolina, e batemos palmas como se fosse um filme. Os mosquitos afastaram-se com o movimento mas depois voltaram devagarinho. Eu vi: no banco de trás, com os olhos tristes e enormes, a Charlita trazia exatamente o mesmo vestido de flores remendado no sovaco do lado esquerdo e, na cara, os mesmos óculos amarelos, grossos e feios com que, nos dias seguintes, haveria de ver os últimos capítulos da telenovela *Roque Santeiro*.

As palmas pararam. O carro travou em frente à dona Isabel. A Charlita não se mexeu. O senhor Tuarles abriu a porta com dificuldade e saiu do Lada amarelo. Os filhos da dona Isabel foram tirar a mala do porta-bagagens. A Charlita não se mexeu. Ninguém sabia o que dizer e, para dizer a verdade, aquele momento lembrava o dia em que o Zé das Medalhas chegou a casa e encontrou a mulher dele, dona Lulu, com a cara toda pintada de cores fortes, os lábios inchados de um *bâton* bonito e um vestido justo que transformava a dona Lulu numa mulher de corpo todo apetitoso. O Zé das Medalhas deu-lhe uma carga de porrada e trancou-lhe no quarto, onde ela ficou a chorar a noite toda perto do espelho.

Ninguém disse nada. Ficámos a olhar os olhos muito encarnados do senhor Tuarles, que olhava os olhos muito parados da dona Isabel. Abriram a porta e a Charlita saiu devagarinho. Eu tinha visto bem: o mesmo vestido, os mesmos óculos e até as mesmas sapatilhas.

— Deem espaço, porra — o senhor Tuarles gritou com lábios inchados e escuros.

Nós fugimos. Nessa noite não fomos à casa da dona Isabel ver a telenovela porque a avó Nhé não deixou. Jantámos, vimos a novela ali mesmo e fiquei outra vez triste quando o camarada locutor confirmou que faltavam apenas dois episódios para o fim do *Roque Santeiro*.

Demos encontro no muro. Todas as filhas do senhor Tuarles apareceram, menos a Charlita. O Paulinho foi quem teve mesmo coragem de fazer as perguntas e a Arlete foi respondendo como sabia mas todo mundo captou que ela sabia muito pouco. Saí devagarinho dali.

Imaginei, não sei porquê, que a Charlita podia estar num lugar onde só nós dois gostávamos de ir às vezes: no galinheiro abandonado da casa dela, com restos de milho duro espalhados pelo chão. Estava escuro.

— Também vais me perguntar de Portugal? — ela chorava pela voz mais que pelos olhos.

— Não, Charlita, só queria te contar os episódios que tu não viste com os teus óculos.

Contei-lhe do padre que gostava da filha do Sinhôzinho, falei da morte do João Ligeiro quando houve tiroteio na fazenda do Roque, o jagunço do Sinhôzinho tinha recebido dinheiro para ir embora de vez, a Mocinha tinha dado um corte no professor Astromar Junqueira, a Ninon tinha beijado o lobisomem numa noite de Lua cheia, a Rosaly ia casar com um fazendeiro rico e o Zé das Medalhas andava desconfiado e mesmo muito triste.

— O meu pai, lá em Portugal — ela ia falar, mas eu atropelei as palavras dela e inventei um monte de coisas sobre a telenovela, misturei os personagens com os do *Bem-amado*, da *Sinhá Moça*, da *Vereda tropical*, e coisas impossíveis aconteceram assim relatadas naquela noite, no galinheiro abandonado da casa do senhor Tuarles.

A Charlita riu.

Limpou no vestido os óculos amarelos, grossos e feios. Olhou a Lua quase nova a querer imitar um brilho pequenino. Um galo cantou muito enganado nas horas.

Naquele tempo o tempo então passava devagar.

UM PINGO DE CHUVA

Eu acho que nunca cheguei a dizer a ninguém, talvez só mesmo à Romina, mas na minha cabeça eu sempre escondia este pensamento: as despedidas têm cheiro. E não é cheiro bom tipo chá-de-caxinde, ou as plantas a darem ares duma primeira respiração na frescura da manhã, entre silêncios e cacimbos molhados. Não. Despedida tem cheiro de amizade cinzenta. Nem sei bem o que isso é, nem quero saber. Não gosto mesmo de despedidas.

Um dia nós, os do nosso grupo, quase silenciosos, tínhamos combinado encontro na escola Juventude em Luta, depois do almoço. Os mais atrasados, como sempre, eram o Bruno e o Cláudio. As meninas já tinham chegado, ficámos ali no campo de futebol a olhar a escola quase vazia.

Como num filme, sempre me acontecia isso: eu olhava as coisas e imaginava uma música triste; depois quase conseguia ver os espaços vazios encherem-se de pessoas que fizeram parte da minha infância. De repente um jogo de futebol podia iniciar ali, a bola e tudo em câmera lenta, um dia vou a um médico porque eu devo ter esse problema de sempre imaginar as coisas em câmera lenta e ter vergonha de me dar uma vontade de lágrimas ali ao pé dos meus amigos. A escola enchia-se de crianças e até de professores, pessoas que tinham sido da minha segunda classe, da terceira, até lembrava de repente o exame da quarta classe com o texto "Oriana e o peixe". Quando alguém me tocava no ombro, as imagens todas desapareciam, o mundo ganhava cores reais, sons fortes e a poeira também.

— Tás a ouvir?! — alguém dizia.

Eu tinha que fingir que sim e engolir com os olhos todas as lágrimas. A escola estava vazia e, sem ninguém dizer nada, todos tínhamos medo daquela sensação. O fim da sétima classe: a incerteza sobre quem ainda íamos encontrar no ano seguinte. As pautas já tinham saído, todos tínhamos passado com boas notas e muitos estavam contentes por causa das férias grandes. Eu não.

Chamaram-me, para irmos andando. Já tinham chegado todos. Tínhamos combinado encontro na escola Juventude em Luta, para depois do almoço irmos até à casa dos camaradas professores Ángel e María. Aquilo tudo cheirava a despedida até mais não.

— Não sentem o cheiro? — brinquei.

— Só se for da tua catinga — o Bruno disse.

Todos riram. Eu também. Embalei-me naquelas gargalhadas para olhar bem para eles, para eles todos, os meus colegas da sétima classe, e quase todos também tinham sido meus colegas desde a segunda até à quarta. Bons tempos. Uns traziam lanche, outros não; uns tinham bola e carrinhos bonitos, outros não; todos vínhamos vestidos com o fardamento azul, de modo que no intervalo a escola ganhava uma gritaria toda azul de crianças a quererem aproveitar aqueles vinte minutos de liberdade e maluqueira. Os asmáticos, como eu, voltavam transpirados para a sala de aulas, com falta de ar, a tossir, e eram ralhados pela camarada professora Berta. No dia seguinte corríamos outra vez.

Chegámos à casa dos camaradas professores Ángel e María. O camarada professor não estava vestido com a calça militar dele, tinha uma camisa creme tipo "goiabera" e uma calça justa. A camarada professora María tinha a cara toda pintada, com exagero mesmo, mas eu não queria que ninguém lhe gozasse porque vi nos olhos dela a olhar para nós que ela queria só estar bonita a disfarçar a tristeza dela.

— A camarada professora tá muito bonita — a Petra disse, as outras meninas concordaram. Eu também. O Bruno olhou com cara feia, mas conseguiu controlar-se, não riu nem estigou.

Era uma tarde quase bonita numa cor amarela e castanha que o Sol tinha posto dentro do apartamento pequeno deles. Serviram chá para nós, um chá aguado mas doce, cheio de ternura. Quase ninguém tinha palavras de falar — nem eles, nem nós. Depois o camarada professor Ángel explicou-nos, com palavras um bocadinho difíceis, que a missão deles em Angola tinha terminado e que se iam embora muito em breve. O Bruno coçava a garganta e olhava para a janela, também impressionado com as cores daquele amarelo-sol. A Petra, a Romina e eu vimos a camarada professora María chorar escondida na cozinha e tivemos de fazer força para parar as lágrimas. O camarada professor Ángel continuava a falar e, sem querer, dizia coisas que nos emocionavam muito. Nas despedidas acontece isso: a ternura toca a alegria, a alegria traz uma saudade quase triste, a saudade semeia lágrimas, e nós, as crianças, não sabemos arrumar essas coisas dentro do nosso coração.

A Romina tirou da mochila dela um frasco bonito e grande, cheio de compota de morango. O camarada professor Ángel deixou de conseguir falar. Todos nós sabíamos que aquela era a prenda de despedida que eles podiam apreciar mais, e a mãe da Romina tinha feito um embrulho todo simples e bonito que só pela tampa via-se logo que era a compota da delícia deles. As mãos da camarada professora María tremiam ao agarrar as mãos do marido dela como se, naquele gesto, eles conseguissem agarrar as mãos de todos os alunos que eles tinham ensinado aqui em Angola.

Quando chegámos lá em baixo, o Sol já tinha ido embora. O céu queria começar a ficar escuro e, muito atrás de todas as nuvens que podíamos ver, um resto de encarnado vivo iniciou a despedida dele.

Lá em cima na janela o camarada professor Ángel tinha a mão dele no ombro da camarada professora María, e dava-lhe beijinhos na bochecha para ela não chorar tanto. Um pingo de chuva, sozinho, caiu-me na cabeça, nessa que foi a última vez que vimos aqueles camaradas professores cubanos.

O NITÓ QUE TAMBÉM ERA SANKARAH

para o Sankarah. para os do Mutu

Na minha escola Juventude em Luta nunca mais as aulas iniciavam. A minha mãe já estava a ficar preocupada, e meteu cunha através do Nitó para eu ser transferido para o Mutu Ya Kevela. Escola afamada de brincadeiras perigosas, tipo "estátua", bem violenta só, "bacalhau", na hora do intervalo, estigas perigosas e lutas no fim das aulas. Eu mesmo cambuta e duns óculos na cara vi o meu futuro arruinado naquela transferência assim repentina. Mas teve de ser.

O Bruno já tinha desaparecido. Muita gente com medo do atraso no início das aulas já tinha mudado os filhos para outras escolas. A minha turma quase sempre junta desde a terceira classe tinha começado a desfazer-se toda tipo uma onda rebentada nas calemas brutas de agosto.

Esse meu primo Nitó era professor de inglês no Mutu Ya Kevela. Eu não sabia e ele fez-me a surpresa. Era de manhã, quase ainda cedo, eu estava num nervosismo de cólicas, já depois de matabichar. Ele apareceu numa lambreta nova em folha para me levar à escola. A coisa já mudava de figura.

— Adolfo — como ele me chamava em brincadeira e ternura só dele. — Sobe só, hoje vais ver quem é o *boss* do Mutu.

Descaímos logo na zona verde, cortámos caminho a descer numa areia de derrapa perigosa e esquindiva nos buracos do esgoto. Saímos quase na Maianga. Duma rapidez esculú estávamos quase a chegar ao Mutu. O Nitó me avisou:

— Aqui na escola, sou o "*stôr* Sankarah".

— Yá, tá fixe.

Nome dele de registo era Nilton. De família, era Nitó. Mas das damas e da escola dele, mesmo das aulas que dava na escola portuguesa e tudo, era "*stôr* Sankarah". Ché, grande póster! Entrámos no Mutu, eu numa timidez das paredes novas e um primeiro andar todo desconhecido. O Nitó fez a banga dele: foi mesmo na sala do subdiretor buscar um livro do ponto, e ainda disse a outros professores, "este aqui é meu ndengue". Gostei. Apresentou-me os corredores perigosos:

— Aqui é melhor não vires, principalmente no turno da tarde.

Eu ia só decorando. Subimos até ao primeiro andar, ele bateu à porta, quase sem esperar entrou na sala 2. Espanto foi só de eu ver uma turma inteira, cinquenta pessoas, levantarem de prontidão e respeito: "Bom diaaaaa, camaradaaaaa, professooooor!" Ché!, Kota Sankarah.

Falou com uma professora que estava lá. Ela sorria para ele nuns lábios de facilidade e admiração. A sala toda me olhou. Eu seria o número 51. A professora me mandou escolher um lugar. Olhei em jeito de avaliação sem querer mostrar medo. O *stôr* Sankarah falava com ela, num gesticular de poucas mãos. Vi um rapaz de cara mansa sentado numa carteira sozinho. Quarto lugar na terceira fila a contar da porta. Sentei.

— Sou o Paulo — ele falou.

— Sou o Ndalu — respondi.

Então o *stôr* Sankarah se despediu da professora. Lembro do caminhar dele nesse dia, e agora relaciono as coisas: andava devagar e bangoso tipo filme de câmera lenta, fato todo branco, duma gravata azul escura quase veludo, assim era o dia de estreia da moto dele. E mesmo numa de gesto discreto, ainda para toda turma ver, piscou-me o olho e com a mão fez-me um sinal de nenhum entendimento. Código familiar ou quê. O máximo. E saiu.

Um ar de confiança me encheu o peito, enquanto os olhares e os comentários se cruzavam todos na minha direção quieta. Desarrumei um caderno de improviso, escrevi também o sumário dos outros já avançados na aula. Era aula de inglês. E a professora quis me desafiar numa de avaliação:

— *So, Sankarah told me you are good in English. Is he your friend?*

— *No, teacher. He is my cousin.*

— *Ok. Welcome to Mutu Ya Kevela.*

— *Thank you.*

Mas a conversa tinha pegado mal na atenção dos outros. Um de trás, bem bigue só, alto e gordo, segredou num outro para eu ouvir também:

— Hum!, temos que aquecer o novato.

Eu até pensei que estava já a ser prometido numa boa carga de porrada, mesmo sem ter tido tempo de arranjar makas. Mas não, estavam só a falar de me "aquecer" num jogo de estátua. No intervalo alguns vieram falar comigo. De que escola eu tinha vindo. Qual era mesmo o meu nome. Um perguntou se eu era primo do *stôr* Sankarah, disse que sim.

— Ele é bem armado!

Mas eu estava só a pensar nos meus colegas todos da Juventude em Luta. Quase uma vontade de lágrimas me queria aparecer nos olhos, e eu não podia bandeirar. Uma rapariga com voz esganiçada e penteado meio maluco chegou perto e disse:

— É mentira, não ligues, o *stôr* Sankarah é bem fixe.

Eu quis também pensar isso. Até imaginei o Nitó a descer o eixo viário a caminho da escola portuguesa, fato branco e gravata azul, estilo lambreta de filme italiano a preto e branco. E o sorriso dele, esse já sem ser estilo de filme tipo país mais nenhum, mas esse sorriso dele simples, aberto, tipo angolano mesmo.

— *Ndalu!, pay attention.*

— *Sorry, teacher.*

— *How did you come to school this morning? By car or by foot?*

Pausei num sorriso de magia e encantamento, coisa familiar mesmo. Acho que ela não ia acreditar se eu lhe dissesse a verdade.

NÓS CHORÁMOS PELO CÃO TINHOSO

para a Isaura. para o Luís B. Honwana

Foi no tempo da oitava classe, na aula de português. Eu já tinha lido esse texto dois anos antes mas daquela vez a estória me parecia mais bem contada com detalhes que atrapalhavam uma pessoa só de ler ainda em leitura silenciosa — como a camarada professora de português tinha mandado. Era um texto muito conhecido em Luanda: "Nós matámos o Cão Tinhoso".

Eu lembrava-me de tudo: do Ginho, da pressão de ar, da Isaura e das feridas penduradas do Cão Tinhoso. Nunca me esqueci disso: um cão com feridas penduradas. Os olhos do cão. Os olhos da Isaura. E agora de repente me aparecia tudo ali de novo. Fiquei atrapalhado.

A camarada professora selecionou uns tantos para a leitura integral do texto. Assim queria dizer que íamos ler o texto todo de rajada. Para não demorar muito, ela escolheu os que liam melhor. Nós, os da minha turma da oitava, éramos 52. Eu era o número 51. Embora noutras turmas tentassem arranjar alcunhas para os colegas, aquela era a minha primeira turma onde ninguém tinha escapado de ser alcunhado. E alguns eram nomes de estiga violenta.

Muitos eram nomes de animais: havia o Serpente, o Cabrito, o Pacaça, a Barata-da-Sibéria, a Joana Voa-Voa, a Gazela — e o Jacó, que era eu. Deve ser porque eu mesmo falava muito nessa altura. Havia o É-tê, o Agostinho-Neto, a Scubidú e mesmo alguns professores também não escapavam da nossa lista. Por acaso a camarada professora de português era bem porreira e nunca chegámos a lhe alcunhar.

Os outros começaram a ler a parte deles. No início, o texto ainda está naquela parte que na prova perguntam qual é e uma pessoa diz que é só introdução. Os nomes dos personagens, a situação assim no geral, e a maka do cão. Mas depois o texto ficava duro: tinham dado ordem num grupo de miúdos para bondar o Cão Tinhoso. Os miúdos tinham ficado contentes com essa ordem assim muito adulta, só uma menina chamada Isaura afinal queria dar proteção ao cão. O cão se chamava Cão Tinhoso e tinha feridas penduradas, eu sei que já falei isto, mas eu gosto muito do Cão Tinhoso.

Na sexta classe eu também tinha gostado bué dele e eu sabia que aquele texto era duro de ler. Mas nunca pensei que umas lágrimas pudessem ficar tão pesadas dentro duma pessoa. Se calhar é porque uma pessoa na oitava classe já cresceu um bocadinho mais, a voz já está mais grossa, já ficamos toda hora a olhar as cuecas das meninas "entaladas na gaveta", queremos beijos na boca mais demorados e na dança de *slow* ficámos todos agarrados até os pais e os primos das moças virem perguntar se estamos com frio, mesmo assim em Luanda a fazer tanto calor. Se calhar é isso, eu estava mais crescido na maneira de ler o texto, porque comecei a pensar que aquele grupo que lhes mandaram matar o Cão Tinhoso com tiros de pressão de ar era como o grupo que tinha sido escolhido para ler o texto.

Não quero dar essa responsabilidade na camarada professora de português, mas foi isso que eu pensei na minha cabeça cheia de pensamentos tristes: se essa professora nos manda ler este texto outra vez, a Isaura vai chorar bué, o Cão Tinhoso vai sofrer mais outra vez e vão rebolar no chão a rir do Ginho, que tem medo de disparar por causa dos olhos do Cão Tinhoso.

O meu pensamento afinal não estava muito longe do que foi acontecendo na minha sala de aulas, no tempo da oitava classe, turma dois, na escola Mutu Ya Kevela, no ano de 1990: quando a Scubidú leu a segunda parte do texto, os que tinham começado a rir só para estigar os outros começaram a sentir o peso do texto. As palavras já não eram lidas com rapidez de dizer quem era o mais rápido da turma a despachar um parágrafo. Não. Uma pessoa afinal e de repente tinha medo do próximo parágrafo, escolhia bem a voz de falar a voz dos personagens, olhava para a porta da sala como se alguém fosse disparar uma pressão de ar a qualquer momento. Era assim na oitava classe: ninguém lia o texto do Cão Tinhoso sem ter medo de chegar ao fim. Ninguém admitia isso, eu sei, ninguém nunca disse, mas bastava estar atento à voz de quem lia e aos olhos de quem escutava.

O céu ficou carregado de nuvens escurecidas. Olhei lá para fora à espera de uma trovoada que trouxesse uma chuva de meia-hora. Mas nada.

Na terceira parte até a camarada professora começou a engolir cuspe seco na garganta bonita que ela tinha, os rapazes mexeram os pés com nervoso miudinho, algumas meninas começaram a ficar de olhos molhados. O Olavo avisou: "Quem chorar é maricas então!", e os rapazes todos ficaram com essa responsabilidade de fazer uma cara como se nada daquilo estivesse a ser lido.

Um silêncio muito estranho invadiu a sala quando o Cabrito se sentou. A camarada professora não disse nada. Ficou a olhar para mim. Respirei fundo.

Levantei-me e toda a turma estava também com os olhos pendurados em mim. Uns tinham-se virado para trás para ver bem a minha cara, outros fungavam do nariz tipo constipação de cacimbo. A Aina e a Rafaela, que eram muito branquinhas, estavam com as bochechas todas vermelhas e os olhos também, o Olavo ameaçou-me devagar com o dedo dele a apontar para mim. Engoli também um cuspe seco porque eu já tinha aprendido há muito tempo a ler um parágrafo depressa antes de o ler em voz alta: era aquela parte do texto em que os miúdos já não têm pena do Cão Tinhoso e querem lhe matar a qualquer momento. Mas o Ginho não queria. A Isaura não queria.

A camarada professora levantou-se, veio devagar para perto de mim, ficou quietinha. Como se quisesse me dizer alguma coisa com o corpo dela ali tão perto. Aliás, ela já tinha dito, ao me escolher para ser o último a fechar o texto, e eu estava vaidoso dessa escolha, o último normalmente era o que lia já mesmo bem. Mas naquele dia, com aquele texto, ela não sabia que em vez de me estar a premiar, estava a me castigar nessa responsabilidade de falar do Cão Tinhoso sem chorar.

— Camarada professora — interrompi numa dificuldade de falar. — Não tocou para a saída?

Ela mandou seguir. Voltei ao texto. Um peso me atrapalhava a voz e eu nem podia só fazer uma pausa de olhar as nuvens porque tinha que prestar atenção ao texto e às lágrimas. Só depois o sino tocou.

Os olhos do Ginho. Os olhos da Isaura. A mira da pressão de ar nos olhos do Cão Tinhoso com as feridas dele penduradas. Os olhos do Olavo. Os olhos da camarada professora nos meus olhos. Os meus olhos nos olhos da Isaura nos olhos do Cão Tinhoso.

Houve um silêncio como se tivessem disparado bué de tiros dentro da sala de aulas. Fechei o livro.

Olhei as nuvens.

Na oitava classe, era proibido chorar à frente dos outros rapazes.

PALAVRAS PARA O VELHO ABACATEIRO

*Antigamente as pessoas eram pessoas de chegar.
Não sabíamos fazer despedidas.*

palavras da avó Catarina.

Quando chegámos da praia, o céu estava à espera que as pessoas todas se recolhessem para poder ordenar às nuvens que começassem a largar uma grande chuva molhada, era até raro em Luanda naquele tempo fazer uma ventania daquelas, os baldes no quintal começaram a voar à toa, os gatos nas chapas de zinco não sabiam bem onde era o buraco de se esconderem, os guardas da casa ao lado vieram a correr buscar as akás que estavam encostadas no muro e o abacateiro estremeceu como se fosse a última vez que eu ia olhar para ele e pensar que ele se mexia para me dizer certos segredos, não sei o que o abacateiro me disse, não soube mais entender e pode ter sido nesse momento que no corpo de criança um adulto começou a querer aparecer, não sei, há coisas que é preciso perguntar aos galhos de um abacateiro velho, cumprimentei o guarda enquanto corria no quintal a segurar os baldes que queriam levantar voo, fui fechar a porta da casa de banho e da despensa, a bomba de água disparou e assustei-me, o vento estava a pôr-me nervoso, olhei a mangueira com mangas verdes, olhei os galhos secos do abacateiro, reparei no encarnado vivo das romãs bem madurinhas ali perto do mamoeiro, olhei as uvas na videira e, enquanto olhava o céu escuro, ainda pensei que era tão estranho aquelas uvas terem um sabor tão nítido a manga adocicada, fui fechar a portinhola da casota onde ficavam as botijas de gás e ainda recolhi duas toalhas que estavam na corda, voltei a entrar na cozinha, com o corpo a pingar de chuva e suor fresco, a *t-shirt* estava tão molhada que voltei lá fora para deixá-la já pendurada na corda, parei um pouco a deixar a chuva cair sobre a cabeça, fechando os olhos, escutando o ruído que ela fazia cá fora no mundo e dentro de mim também, queria ver quantos pensamentos eu podia inventar — e pensar — ao mesmo tempo que ouvia aquele ruído tipo música de uma orquestra bêbada, ri, ri sozinho quando abri os olhos e vi a cadeira verde onde às vezes, mas raramente, também o camarada António gostava de ensaiar um sono distraído, caiu a carga de água que o céu tinha prometido pela cor e pelo vento soprado, enquanto a ventania diminuía de repente, a chuva caía como um embrulho gigante de redes de pesca que tivesse escorregado do armário de um pescador que estava lá muito em cima, nas alturas, era tanta água que mesmo ver a casa do Jika estava difícil, o mundo parecia um deserto molhado naquela tarde, ainda conseguia ouvir, mas mal, os passos dos guardas a correr e, entre tantas cascatas de água com a poeira da videira, do outro lado, tipo filme de western, um gato vesgo ficou parado em cima do outro telheiro a olhar para mim — seria o gato vesgo que eu tinha acertado no olho com o chumbo da pressão de ar? —, tive um pouco de medo, lá de dentro, a qualquer momento, a voz da minha mãe podia vir me perguntar se eu era maluco de estar ali com aquela chuva toda a pedir mesmo para ter uma crise de asma complicada, ali fora o gato calmo tinha ficado parado a olhar para mim, olhava mais com o olho vesgo que com o olho que via bem, perto de mim estava um ferro abandonado das obras do vizinho, sempre desconfiei dos gatos calmos, não me mexi, ele sim, devagarinho, saltou até perto das raízes da mangueira, parou de novo, foi a andar muito devagar, parecia que para ele não chovia e fazia um sol que lhe causava preguiça de partir, não me mexi, as mãos estavam na corda, como se eu estivesse preso com as molas de estender a roupa, a água caiu mais forte e de tanto não ver nada tive medo que o gato voltasse às escondidas e me atacasse, decidi entrar em casa, assustei-me com a voz da minha mãe — "o pai e eu estivemos a falar sobre aquele assunto" —, o meu corpo todo molhado, pensei que a minha mãe ia me ralhar de eu estar a trazer a chuva para dentro de casa, espalhando as gotas do meu corpo pelo chão limpo da cozinha, a mesma cozinha antiga que todos nós dizíamos a rir que era do camarada António, a minha mãe tinha os olhos molhados também e um grande silêncio invadiu a casa escolhendo esse espaço entre nós para ficar, eu olhava o chão pingado como se ele fosse muito mais distante, ouvia cada gota cair no chão e ao mesmo tempo pensei que não devia prestar atenção àquilo, pois outra coisa mais importante estava prestes a acontecer — "tu há tanto tempo que falavas nisso, nós estivemos a falar" —, a minha cabeça viajava pelo corredor escuro porque fazia esse domingo cinzento de chuva e ninguém tinha ainda acendido as luzes, a minha cabeça deslocava-se devagarinho e subia as escadas espreitando primeiro a sala onde a minha irmã mais nova tinha acabado de adormecer com o corpo todo cansado da praia e a pele cheia do sal do mar, onde tínhamos passado quase todos os sábados e domingos da nossa infância, eu subia as escadas sem fazer barulho, o meu pai podia ter decidido dormir um pouco e só acordar mais tarde para começar com um café na cozinha e ir ver se na televisão as equipas nacionais estavam a jogar futebol, o corredor lá em cima era um mar pesado de silêncios e isto não é poesia falada, havia ali um silêncio que pesava se uma pessoa se mexesse em qualquer direção, parei, quieto, a escutar a tarde que chovia lá fora, os ecos do comportamento das trepadeiras e das árvores enormes dos vizinhos, podia quase desenhar essas árvores sem olhar para elas, a mais cambuta do lado esquerdo, na casa da tia Mambo, devia ser um abacateiro e era maior que o nosso, tinha folhas gordas e um cheiro sempre poeirento mesmo que chovesse, e do lado direito, na casa da tia Iracema, havia uma árvore que imitava ou era mesmo um pinheiro muito alto e ligeiramente torto onde os pássaros — não sei porquê — gostavam de fazer voo rasante quando traziam minhocas na boca para dar aos filhos que tinham acabado de nascer e ficavam no telhado da tia Iracema a fazer barulho, parei, quieto, a escutar as trepadeiras, as árvores, uma buzina, algumas vozes, o cão do Bruno a ladrar tão longe e o barulho da caneta da minha irmã mais velha a escrever os pensamentos dela de domingo à tarde quando chove em Luanda, o que não se ouvia era o gritinho dos filhos desses pássaros que eu não disse mas são andorinhas, eles deviam estar a tremer de frio e de medo, todo mundo sabe, as andorinhas são como os gatos, não gostam nada da chuva, se calhar é por causa do barulho dos trovões, não sei — "filho, assim a pingar ainda te constipas" —, a porta do meu quarto estava aberta e uma luz nenhuma saía dele entrando no corredor a chamar-me, o mundo cinzento espreitava pela minha janela, entendi que havia uma nesga aberta nos vidros e, por ali, todas as vozes da tarde, da chuva, da trepadeira, das árvores, entravam pelo meu quarto para me dar sinais estranhos que o meu corpo não sabia aceitar, nem a minha cabeça, uma vontade de lágrimas me visitou, cocei a pele da bochecha que era um gesto antigo para falar com as minhas vozes de dentro, pingava menos o meu corpo, o calção molhado deixei junto à porta, entrei no meu quarto de tão poucos anos, fazia-me confusão entender porquê que eu vivia aquele quarto como um espaço antigo, como se eu fosse uma pessoa também de antigamente, e não era — via-se no espelho o meu corpo magro e a pele toda esticadinha a contornar os dedos da mão, os lábios desenhados quando eu os olhava sem compreender as curvas deles, os olhos que eram mais difíceis de olhar porque me traziam aos olhos essa chuva de eles ficarem encarnados — "nós pensamos que, se é realmente o que tu queres, podes ir estudar para outro país" —, pensei que lá nesse país teria outro quarto, mas não este, o antigo, o dos cheiros e das roupas e das músicas e dos livros e das escritas tristes e secretas, da mala com os livros do Astérix, ou *A náusea*, ou o *Cem anos de solidão*, ou os "gracilianos" como eu lhes chamava, ou a camisa amarela escura com manchas pretas e acastanhadas que o meu pai trouxe de Portugal e, desde que a vi, soube que amava esse tecido de acalmar os olhos que às vezes choravam em frente ao espelho da incompreensão, porque o corpo mudava, a voz mudava, as mãos no corpo mudavam, era visível que eu preferia acordar mais tarde que acordar mais cedo, era visível, para mim, que ouvia barulhos e sentia cheiros que não podia dividir com ninguém, e a avó Agnette continuava a partilhar as noites comigo, contando, inventando, alterando as estórias todas, as de antigamente, as do presente e as outras, como se o tempo fosse o saco de ar com bolinhas que ela gostava de rebentar, como se, às 2h da manhã — entre risos de cumplicidade, olhares de fascínio que acendiam a madrugada, ternuras faladas como se fossem verdades de ofertar — ela me dissesse, devagarinho, com a voz convicta e os factos arrumados caoticamente, que o futuro não era uma coisa invisível que gostava de ficar muito à frente de nós mas antes — ela dizia como frase de adormecimento mútuo —, antes um lugar aberto, uma varanda, talvez uma canoa onde é preciso enchermos cada pedaço de espaço com o riso do presente e todas, todas as aprendizagens do passado, que alguns também chamam de antigamente — "assim a pingar, ainda te constipas" —, a minha mãe disse com chuva nos olhos bem encarnados, o corpo dela encolhido a dar marcha atrás na cozinha, no trajeto que ela tinha feito para vir devagarinho falar comigo, sem me ralhar por eu estar a molhar a cozinha, sem me falar da asma e dos brônquios, sem quase olhar para mim, eu também sem quase saber como olhar para ela, como dizer — a ela e a mim — que essa viagem, essa partida de ir embora, de repente me chegava fora do tempo, num terreno que ia muito além da dor e das lágrimas, num lugar que nenhum escrito meu podia ter conseguido explicar nem nenhuma lágrima conseguiria apagar, a minha mãe retirava devagar o corpo da cozinha, fiquei com os olhos postos nas gotas tombadas no chão, sem poder saber, nunca mais, o que era gota o que era lágrima, como se eu fosse um cego e naquele momento todos os cheiros e todas as dores da infância me pesassem no corpo, e isso estava bem, era normal, mas um peso me fechou os lábios e eu não soube o que dizer à minha mãe, talvez as frases dela trouxessem pedido de resposta, talvez se eu tivesse falado nesse tempo fora do meu corpo ela me tivesse dito, ou mostrado com os olhos, que aquele era, de qualquer modo, o tempo deles, dos meus pais, aí talvez os meus lábios dissessem que esse tempo de sabermos o momento de partir tinha acontecido fora do meu próprio tempo, e que nos últimos anos eu havia estado perdido, triste e confuso, num espaço tão grande que afinal eram apenas duas cadeiras de tecido encarnado, uma secretária, o armário embutido, o sofá-cama encarnado que eu mesmo tinha escolhido e usado essa palavra, "encarnado", e riram porque era uma palavra de antigamente na boca de uma criança, esse espaço, com esse sofá-cama, com esse colchão fininho, com essas molas fracas, onde eu dormi tanto tempo com a avó Agnette, onde ela me ensinou madrugadas e deu todas as estórias e o desdobrar de todos os tempos que quis dar, esse espaço enorme assim tão pequenino era apenas um quarto, com a enorme janela virada para a trepadeira, que estava perto da poeira dela, que estava perto das flores, que estava perto da botija de gás vazia, que estava perto do contador de água, que estava perto da relva, que estava perto do cacto, que estava perto dos caracóis, que estavam perto das lesmas, que estavam perto da baba, que estava perto do portão pequeno, que estava perto da caixa de correio branca sem cartas, que estava perto da rua, que estava perto de mim — "se tu queres ir para outro lugar, nós também achamos que é o melhor".

Deixei os braços pousarem na madeira inchada e húmida, abri um pouco a janela a pensar que isso de olhar a chuva de frente podia abrandar o ritmo dela, ouvi lá em baixo, na varanda, os passos da avó Agnette que se ia sentar na cadeira da varanda a apanhar fresco, senti que despedir-me da minha casa era despedir-me dos meus pais, das minhas irmãs, da avó e era despedir-me de todos os outros: os da minha rua, senti que rua não era um conjunto de casas mas uma multidão de abraços, a minha rua, que sempre se chamou Fernão Mendes Pinto, nesse dia ficou espremida numa só palavra que quase me doía na boca se eu falasse com palavras de dizer: infância.

A chuva parou. O mais difícil era saber parar as lágrimas.

O mundo tinha aquele cheiro da terra depois de chover e também o terrível cheiro das despedidas. Não gosto de despedidas porque elas têm esse cheiro de amizades que se transformam em recordações molhadas com bué de lágrimas. Não gosto de despedidas porque elas chegam dentro de mim como se fossem fantasmas mujimbeiros que dizem segredos do futuro que eu nunca pedi a ninguém para vir soprar no meu ouvido de criança.

Desci. Sentei-me perto, muito perto da avó Agnette. Ficámos a olhar o verde do jardim, as gotas a evaporarem, as lesmas a prepararem os corpos para novas caminhadas. O recomeçar das coisas.

— Não sei onde é que as lesmas sempre vão, avó.
— Vão pra casa, filho.
— Tantas vezes de um lado para o outro?
— Uma casa está em muitos lugares — ela respirou devagar, me abraçou. — É uma coisa que se encontra.

PARA TINGIR A ESCRITA DE BRILHOS LENTOS E SILENCIOSOS

(troca de cartas)

querida ana paula

não sei exatamente onde estás, isto pensando que as frases que te queria entregar implicariam saber a tua localização geográfica, para depois equacionar a minha, mas logo entendi que não, que eu podia dizer estas coisas de outro modo, assim
:
escrevo-te de um certo sul
,
porque às vezes dentro de nós faz sul

e acabo de fechar um livro com aquela sensação esquisita (*humana?, metafísica?*) que concluir um livro traz — como se a pele se imbuísse de certo fechamento, os olhos pedissem calma à luz e os sons ficassem terrivelmente delicados de se dizer e de se ouvir

talvez esta carta seja o que eu não soube pedir aos outros, alguns dias de silêncio

ou então *ficar* tranquilo, vestindo — por dentro — roupas orientais, caminhar pela areia do mussulo, que é também a areia da infância, estar simplesmente quieto a modos que deitado e, de verdade ou não, deixar-me ser trespassado pelas lesmas, saltitado por gafanhotos, aterrizado por helibélulas, sonhado por andorinhas, revisitado por falésias.
as do sul. as do namibe. as falésias que os olongos nunca visitaram. e o mar.

a missiva que te envio é o fechamento formal — já se lê — de "os da minha rua", e talvez por isso este textojanela (*para sair de antigamente*) seja um caos de palavras em vez do silêncio que eu pediria aos outros e que aqui, por afetos e inquietações revisitadas, aparece como mapa, bússola e onkhako
para saber sair deste certo sul.

como se tempo fosse um lugar
,
como se infância fosse um ponto cardeal eternamente possível.

agora sim — *mientras* espero missiva tua — busco as rãs e invento
pelos poros
uma espécie de silêncio.

ondjaki

Ondjaki,

Também não sei onde estou, meu muito e ainda menino, porque a minha localização geográfica é sempre um certo sul com montanha à volta e esteja onde estiver acerto os relógios do mundo, as bússolas de dentro para estar a sul mesmo quando a tempestade e o frio me acinzentam a alma e o vento (ah este vento) me desorienta os passos. Fico cansada de procurar lugar para me situar a sul todos os dias para encontrar as águas que conheço, reconhecer a manhã pelos cheiros, contornar as ameaças e acender o fogo. Não deve ser este o sítio próprio, nem o espaço aberto onde cresceram a Tchi, o Ndalu, o Bruno, o Tibas.

Agora me lembro, meu muito menino, que, a bem dizer, esse lugar já não existe e ainda bem que o acabas de contar em livro porque as pessoas tenderão a lembrar Sucupira, Roque Santeiro e outros estranhos e improváveis mundos e a esquecer as ruas ex-disto e daquilo onde cresciam miúdos aos gritos a ver o mundo sem ninguém dar conta.

um tempo em que a cidade era a nossa casa, queríamos acreditar que andávamos a polir o futuro de forma tão sensível como se habitássemos a cidade de deus.

Pela primeira vez me apetece a palavra para te contar dessa cidade que não era a minha, onde cheguei ainda antes de ter idade para a distância, o silêncio, as roupas orientais por dentro. Dava para desconfiar o mapa antigo escrito na cara com a infância em cicatriz na testa. Apetece-me, pois a palavra, meu muito menino, para te dizer dessa cidade que se transforma do dia para a noite em cidades diferentes e outras e outras. Não, a figura daquelas bonecas que se abrem para revelar uma mais pequena e ainda mais uma e uma até ao infinito não serve a Luanda: cada cidade nova transborda da primeira, cerca-a de estranhas fronteiras com os seus mundos de ninguém e as suas línguas próprias tão suaves e sedutoras que nos habituámos a ouvir sem pensar nas mensagens, nos avisos à navegação e nos sinais. Assim se abriram janelas e fecharam portas para sempre. A surdez é uma coisa que acontece mesmo aos de bom ouvido.

Por isso me calo, meu muito menino, para celebrar os teus contos. Tratas de *antigamente* com a doçura necessária. As palavras estão limpas e leem as linhas da cidade atentas já aos grandes ruídos. Recuperas das buganvílias os sopros e estás atento às acácias. O teu livro dá conta de como crescem em segredo as crianças. É o milagre das flores do embondeiro: habitam o mundo em concha por breves momentos e veem através da luz o milagre das pequenas coisas: uma lagartixa, os improváveis sapatos vermelhos de um miúdo no comício do primeiro de maio, as vozes das estrelas. Inscrevem o sublime nas cidades impossíveis, falam antes do futuro, caminham sem pressa pela água.

Tens razão, meu muito menino, com as palavras pode--se aprender a sair de um tempo e de um lugar porque "a infância é um ponto cardeal eternamente possível".

Cuida das rãs e de ti
Um abraço da

ana paula

GLOSSÁRIO

"**Abuçoitos**" ("pedir abuçoitos"): pedir licença para se ausentar de um jogo ou brincadeira.

"**Goiabera**": camisa de estilo cubano.

Aká: metralhadora de fabrico russo (AK47).

Banga: estilo, vaidade.

Bangoso: estiloso, a "fazer banga" (fazer estilo).

Bem armado ("estar bem armado"): estar arrogante; não inspirar confiança.

Bigue: corruptela do inglês *big* (grande).

Bondar: matar, atingir.

Camba: amigo, companheiro.

Cambaia: de pernas arqueadas.

Cambuta: baixo(a).

Candengue (do quimbundo ndengue): criança.

Cuiante: o que é muito bom.

Ché: interjeição de espanto ou júbilo.

Chuinga: corruptela do inglês *chewing gum* (chiclete).

Dibinga: fezes.

Esculú: muito bom, corruptela de exclusivo.

Esquebra: excedente.

Esquindiva: finta.

Estigar: ridicularizar outrem através de um criativo e bemhumorado jogo de palavras.

Fugar: faltar às aulas.

Jacó: papagaio.

Jindungo: picante.

Kitaba: espécie de pasta feita com amendoim torrado.

Kota: mais-velho.

Maka: conversa, questão, disputa, caso, assunto.

Malaico: que não é bom.

Mô: meu.

Muadiê: pessoa; tipo(a). Mujimbeiro: fofoqueiro.
Mujimbo: boato, fofoca.
Ndengue (quimbundo): criança.
Ngonguenha: mistura de água com farinha-de-pau (farinha fina feita a partir da mandioca) e açúcar.
Olongo: antílope de grande porte, também conhecido por kudu-grande.
Onkhako (Nyaneka): sandálias.
Paracuca: amendoim torrado, envolto em açúcar, vendido na rua em canudos de papel.
Pôster: estilo ("mandar" ou "ter" pôster).
Pré-cabunga: última classe da pré-escola.
Quiteta: espécie de molusco comestível.
Tuga: referente a cidadão português, ou a Portugal.
Welwitchia mirabilis: flor existente no Sul de Angola, na província do Namibe, cuja principal característica é sobreviver no clima extremamente seco do deserto graças às suas raízes extremamente longas e profundas.

agradecendo,

à camarada professora Angélica, Ana P. Tavares, Dada, Isabel G. , Jujú e Sita, Renata F. , Nuno Leitão, Andrea M.;
às músicas do Roberto Carlos, Luís Eduardo Aute, Sílvio Rodríguez, The Opiates, Paulo Flores, Wim Mertens, Chet Baker, Rodrigo Leão, Adriana Calcanhotto, Jorge Palma;
às rolas na casa da tia Rosa, aos olongos no Namibe, à piscina de Coca-Cola, à Madalena Kamussekele, aos olhos do Cão Tinhoso, aos olhos da Isaura, aos cheiros e texturas do velho abacateiro.

um livro o ensinou a não saber nada — agora já sabe.

(manoel de barros, o guardador de águas)

António Jorge Gonçalves

Ondjaki nasceu em Luanda em 1977. Prosador. Às vezes poeta.
Correalizou um documentário sobre a cidade de Luanda
(*Oxalá Cresçam Pitangas – Histórias de Luanda*).

É membro da União dos Escritores Angolanos. Está traduzido
em francês, espanhol, italiano, alemão, inglês, sérvio, sueco
e chinês.

Entre as inúmeras premiações de sua obra, estão:
Prêmio Saramago com *Os transparentes* em 2013, Prêmio FNLIJ
Brasil (2013) e Prêmio Jabuti, primeiro lugar (2010) com
Avó dezanove e o segredo dos soviéticos e terceiro lugar (2014)
com *Uma escuridão bonita*.

Livros publicados pela Pallas:
Há prendisajens com o xão
A bicicleta que tinha bigodes
Uma escuridão bonita
Ombela: a origem das chuvas
O convidador de pirilampos
O assobiador